KB075797

박총

책상에선 작가, 교회에선 목사, 집에선 고양이 집사다.
자비량 사역자로 밥벌이와 온갖 일에 매여서 고단하지만,
서른다섯 해를 길벗한 안해(아내) 및 네 자녀와 서울
변두리에서 다복하게 지내는 편이다.
수많은 이들에게 엄청난 영향을 끼친 『욕쟁이 예수』,
마음의 결이 포개지면 인생책이 되고 마는 『내 삶을 바꾼
한 구절』, 생명의 담지자와 양육자의 시선으로 성서를
고쳐 쓴 『하루 5분 성경 태교 동화』, 독서에 관한 책 중에
으뜸이라 자부하는 『읽기의 말들』 등을 썼다.

듣기의 말들

듣기의 말들

들리지
않는
것까지
듣기
위하여

박총 지음

헌사獻詞

1967. 8. 13 ~ 2018. 11. 22
김건호 목사

아무리 낮고 천한 사람이라도 들어주면
존엄이 회복된다는 것을 누구보다 잘 알고 실천한
건호 형에게

그리고

소리를 듣지 못해서 더 잘 듣는 농묘聾猫, 청각장애묘
'양양이'에게

들어가는 말

그들이 속으로 그토록 조용했던 것은 꾀를 부리거나
불안해서가 아니라,
듣느라고 그런 것.
— 릴케 지음, 안문영 옮김, 『두이노의 비가/오르페우스에게 바
치는 소네트』(문학과지성사, 1991)

나는 말이 많다. 듣기보다 말하기가 좋다. 자기표현의 욕구가 짙
은 데다 자기 발산에도 능하다 보니 청자보다 화자의 역할을 즐
겼다. 마침 사람을 만나고 상대하는 일로 평생을 보냈으니 물 만
난 고기였다.

    어느 날 철이 든 것인지 탁월한 말을 들려주기보다 평범한 말
을 들어주는 아름다움에 매료됐다. 내 평생 '말하다'의 주어였지
'듣다'의 주어였던 적이 없다는 사실을 깨달았다. 물속에 사는 물
고기가 물을 제일 늦게 발견한다더니 말 속에 사는 내가 듣기를

제일 늦게 발견했다.

파스칼은 말했다. "인간의 모든 불행은 단 한 가지, 고요한 방에 들어앉아 휴식할 줄 모른다는 데서 비롯된다"고. 경청에 막 눈뜬 나는 말했다. "인간의 모든 불행은 단 한 가지, 조용히 앉아 들을 줄 모르는 데서 비롯된다"고. 말은 그럴싸했지만 나는 여전히 입을 열고 싶어 못 견뎠다. 매일 'Shut up, just listen!'을 다짐해도 실천은 난망이었다. 요실금이 오기엔 이른 나인데, 방광이 아니라 주둥이에 요실금이 온 건지 입을 닫으려고 해도 찔끔찔끔 말이 새어 나왔다.

『듣기의 말들』을 쓰겠다고 자청한 것은 나 스스로 듣는 사람이 되고 싶어서였다. 전작 『읽기의 말들』을 내고 곧장 작업에 들어갔지만 책이 나오기까지 무려 6년이나 걸린 데에는 변명이 필요해 보인다. 3년간 경청에 관한 서적을 섭렵하고 자료를 모았다. 이만하면 집필에 들어가도 괜찮겠다 싶었다. 유유출판사 대표님도 이젠 책이 보고 싶냐며 독려했다.

문제는 내가 여전히 듣는 사람이 아니었다는 것이다. 지행불일치는 어느 정도 불가피하다지만 앎과 삶의 괴리가 심했다. 대표님께 이 상태로는 책을 낼 염치가 없다며 『듣기의 말들』을 내면화하는 시간이 필요하다고 요청했다. 그렇게 3년을 더 묵혔고 이제는 들음의 여정에 들어선 것 같아서 졸저를 내놓는다. 여전히 갈 길이 멀지만 말이다.

거듭 밝히거니와 나는 말이 많았다. 불필요한 말로 세상을 더럽혔고, 반백 년 넘게 내 이야기를 주위 사람들에게 듣게 하는 수고를 끼쳤다. 자신은 없지만 남은 인생은 남의 말을 들으면서 보내고 싶다. 말을 배우는 데는 2년, 경청하는 데는 60년이 걸린다는 공자의 말씀에 용기를 얻는다.

어릴 적 대보름이면 이명주耳明酒라고 하는 귀밝이술을 마셨다. 강원도 평창에서는 남의 집에서 귀밝이술을 얻어 마시면 남의 말을 잘 듣게 된다고 믿었다. 본 졸저가 독자들에게 한잔의 귀밝이술이 된다면 더할 나위가 없겠다. 이 책을 읽고 우리의 듣기가 귀뿌리부터 새로워진다면, 그래서 릴케가 노래한 '경청의 신전'을 함께 세워 갈 수 있다면 더 바랄 것이 없겠다.

시중에 허다한 듣기 책이 나왔으되 본서만의 남다른 미덕이 있다. 『듣기의 말들』은 단순히 사람의 말을 경청하는 것에만 머물지 않는다. 음악, 생활 소음, 자연의 소리, 내면의 목소리부터 슬픔과 고통, 누군가의 비밀, 약자의 신음, 사회의 지배적인 통념에 이르기까지 우리가 들어야/듣지 말아야 할 모든 소리를 다룬다. 전작 『읽기의 말들』이 도서만 아니라 사람책, 자연책, 세상책 등 '지상의 모든 읽기'를 아우르듯이 『듣기의 말들』 역시 '지상의 모든 듣기'를 펼쳐놓는다.

특히 독자들이 자연의 소리에 빠지기를 간청한다. 이는 임박한 기후 위기 극복을 위함이기도 하고, "나무의 말에 귀를 기울이는 법을 배운 사람은 (……) 자신 말고 다른 무엇이 되기를 갈망하지 않"(『헤르만 헤세의 나무들』)기 때문이다. 자연의 소리를 귀에 채우는 이는 다른 존재가 되려는 미몽에 빠지지 않는다. 오직 자신이 되기를 희구할 따름이다. 이것이야말로 고향이요, 행복이 아니겠는가.

글을 맺기 전에 부족한 원고가 근사한 몸을 입고 독자의 손에 쥐어지도록 애쓴 분들에게 고마움을 전하고 싶다. 유유출판사 조성웅 대표님, 편집자 김은우, 조은 선생님, 디자이너 이기준 선생님, 마케터 전민영 선생님, 조판의 한향림 선생님, 제작의 (주)제이오, 인쇄의 민언프린텍, 제본의 (주)다온바인텍의 모든 분들께 감사 인사를 올린다.

말하기 전에

듣기를 먼저 배우는

겸손한 어린이의 모습으로

(……)

들음의 여정을 다시 시작하는

들음의 사람이 되게 하소서

— 이해인, 「들음의 길 위에서」, 『이해인 시 전집 2』

(문학사상, 2013)

들음의 여정에서 여러분의 길벗이 되길 바라는,

박총

(((

누구나 어렸을 때에는 약간의 천재를
지니고 있다. 그 말은 곧 누구나 진정으로
들을 줄 안다는 것이다. 아이는 듣고
말하기를 동시에 할 수 있다. 그러다가
조금 더 나이를 먹으면 많은 아이가
지쳐서 점점 덜 듣게 된다. 하지만
계속해서 듣는 극소수가 있다. 그들도
아주 나이를 먹으면 결국 더이상 듣지
않는다. 무척 슬픈 일이다. 이에 대해서는
이야기하지 말기로 하자.

거트루드 스타인, 『듣는 법, 말하는 법』
(모티머 애들러 지음, 박다솜 옮김, 유유, 2020)

001

사람들은 듣지 않는다. 가장 진솔한 이야기가 오간다는 술자리에서도 술잔은 기울이되 귀는 기울이지 않는다. 누구나 천재였다가 모두가 둔재가 되고 말았으니 슬픈 일이다. 거트루드 스타인은 이에 대해 이야기하지 말자고 했지만 나는 말하려고 한다. 그래서 이 책을 썼다.

((　(

모든 인류에게 부여된 천부적인 재능일 수
있는 경청이 어려워진 이유는 무얼까.
심리학자인 데이비드 베너 교수는 우리
대부분이 이미 스스로 잘 듣는 사람이라
생각하기 때문이라고 지적한다.

애덤 S. 맥휴, 『경청, 영혼의 치료제』
(윤종석 옮김, 도서출판CUP, 2018)

'익명의 알코올중독자들'Alcoholics Anonymous을 비롯한 재활모임에서 가장 중히 여기는 것이 무엇인지 아는가? 본인이 중독이라는 사실을 인정하는 것이 1단계다. 내가 중독에 빠졌고 내 힘으로는 중독에서 벗어날 수 없다는 사실을 수긍하는 것. 이것이 이뤄지지 않으면 재활센터에서도 치료에 들어가지 않는다.

경청도 마찬가지다. 내가 잘 듣는 사람이 아니라는 것, 달리 말하면 말하기 중독에 빠져서 자꾸 상대의 말을 끊는다는 걸 인정하지 않고서는 듣기의 갱신은 요원하다.

과분하게도 내 주위엔 훌륭한 분들이 즐비하다. 그런 분들이 대화 자리에서 툭하면 상대의 말허리를 끊는다. 물론 고의는 아니다. 자기도 모르게 그런다. 커피 타임이나 술자리에서 가만히 살펴보라. 남이 말할 때 끼어들 기회를 엿보며 화제를 주도하려는 사람이 태반이다. 그런데도 나 정도면 잘 들어 준다고 자평한다. 이 책을 쓰기 전까진 나 자신도 그런 줄 몰랐다.

우리는 대화의 기준이 너무 낮다. 정보 교환, 감정 배설, 재치 있는 말의 경연장 정도로 간주한다. 그러니 자신이 잘 듣는다고 착각하는 것도 무리는 아니다.

내가 얼마나 못 듣고 또 안 듣는 사람인지 사무친 각성이 일어나야 듣는 사람으로 거듭날 수 있다. 이 책이 그런 자기성찰을 안겨 준다면 더 바랄 나위가 없겠다.

(((

그는 그녀의 입술에서 말을
빨아 마셨다.

라이너 마리아 릴케, 「보후쉬 왕」, 『릴케 전집 7』
(권세훈 옮김, 책세상, 2000)

"선배는 애인이랑 어떻게 처음 키스했는지 기억나요?"

벌써 20년도 더 지난 일이다. 모태솔로인 후배가 요즘 만나는 상대가 있다며 나를 불러냈다. 연애 상담을 요청한 거다. 질문이 가관이다. 자신은 태어나서 뽀뽀를 한 번도 못 해 봐서 언제 입맞춤을 시도해야 할지 모르겠단다. 과연 모솔답다. 순수하기도 하고 귀엽기도 해서 웃었다.

"으이구, 무슨 그런 걸 물어봐. 계속 만나다 보면 자연스레 입을 포갤 날이 오겠지."

이윽고 낮술에 불콰해진 후배가 과감한 표현을 불사한다. "걔가 저한테 조곤조곤 말할 때 얼마나 예쁜지 아세요? 열렸다 닫혔다 하는 그 입술을 보면 호로록 빨아들이고 싶어요."

불현듯 「보후쉬 왕」의 강력한 문장이 떠오른다.

"릴케 작품에 이런 구절이 나와. '그는 그녀의 입술에서 말을 빨아 마셨다.' 입술에서 나오는 말을 빨아 마시면 입술을 빨아 마실 날도 곧 올 거야."

아아! 너무 달아서 이가 썩을 것 같은 말을 하다니, 나도 꽤나 얼큰해졌나 보다.

내 입에서 나오는 말이 하나도 땅에 떨어지지 않게 하려는 듯 귀로 싹 빨아들이는 사람에게 마음을 뺏기지 않을 도리가 없다. 그 사람은 내 말만 흡입하는 게 아니라 내 존재를 흡입한다.

((　(

말하면 들어라.
말하지 않아도 들어라.

가와이 하야오·다치바나 다카시·다니카와 슌타로,
『읽기의 힘, 듣기의 힘』(이언숙 옮김, 열대림, 2007)

004

일면식도 없는 40대 후반의 총각에게서 메시지를 받았다. 사는 게 힘들어서 술을 마셨다며 목사님한테 취중에 연락해서 미안하단다. 아니나 다를까 횡설수설에다 오탈자가 곳곳에 보인다. 나는 뭐가 미안하냐며 나도 아까 한잔했다고 밝혔다. "인간사 최고의 낙, 낮술을 기분 좋게 즐기세요!" 그는 너무 고맙다고 했고, 그날은 그렇게 얘기가 끝났다.

그의 존재가 잊힐 만하던 어느 날, 다시 메시지를 받았다. 이번엔 인사도 없이 자살하고 싶다며 훅 치고 들어온다. "스스로 목숨을 끊어도 천국에 갈 수 있나요?"

난감하다. 뭐라고 답해야 할까. 가와이 하야오 선생의 권고대로 말하지 않은 심정을 들으려고 했다. 그러다 나름 엄선한 답변이다. "저야 모르죠. 신만 아시지 않겠습니까." "사는 게 참 힘드네요." "사는 게 힘들지요? 원래 그런 거지만…… 나도 스스로 먼저 가려고 시도한 전력이 있는데 어지간하면 우리 둘 다 자연사합시다."

내 대답이 맘에 들지 않았나 보다. 강한 표현이 등장한다. "뭣 같네요, 대답이. 나름 확실한 대답을 주실 줄 알았는데요."

"원래 인생이란 게 뭣 같은데 대답 역시 뭣 같을 수밖에요."

아차차, 망한 건가 싶었는데 반전이 일어났다. 이어지는 그의 말이 걸작이다. "좋은 답을 주셨으면 확 죽어 버렸을 겁니다…… 늘 고맙게 생각합니다. 생과 사의 갈림길 속에서 하루하루 버팁니다."

그거면 됐다. 내가 문제를 해결해 줄 수도 없고 그래서도 안 된다. 생사의 갈림길에서 생명을 택하도록 거들면 됐다. 왼손은 거들 뿐. 삶은 오른손인 그가 스스로 헤쳐 가는 것이다.

(((

"사실은 슬퍼. 고양이가 사라졌거든.
길고양이라 길들여지진 않았지만
내가 부르면 언제나 달려오곤 했는데……"
"응. 그랬구나." 개가 말해요.
"하지만 세상에는 훨씬 더 슬픈 일들이
많아." 브루가 말해요.
"그건 그렇겠지. 하지만 네 고양이에
대해 얘기해 줘."

안 에르보 글·그림, 『내 얘기를 들어주세요』
(이경혜 옮김, 한울림어린이, 2017)

005

그림책 『내 얘기를 들어주세요』의 어린 주인공 브루는 슬프다. 부르면 언제나 달려오던 길고양이가 사라져서 속상하다. 그런데 브루의 이야기를 들은 이들은 자기 처지가 더 딱하다는 반응을 보인다.

> "아, 나보다 낫네. 나는 모자랑 열쇠 꾸러미랑 말이 다 사라졌다고!"
> "에구구, 겨우 그깟 걸 가지고 난리니? 난 코가 깨진 데다 밭에는 자갈이 박혔다고!"
> "넌 고작 고양이 때문에 우는구나. 난 이제 고향이 없어. 마을이 몽땅 물에 휩쓸려 갔단 말이야!"

강조 표시한 조사와 부사에 주목해 보자. -보다. 겨우. 고작. 평소 우리가 자주 쓰고 듣는 말이다. 카페나 술자리에서 어렵사리 속내를 꺼냈더니 '고작 그런 일로 고민이냐, 지금 너보다 내가 훨씬 더 힘들다'는 식의 되치기를 한 번쯤은 겪어 봤을 거다.

『내 얘기를 들어주세요』의 말미에 등장한 개가 의기소침해진 브루에게 묻는다. 왜 그리 슬퍼하느냐고. 브루는 아무것도 아니라고 한다. 개가 다시 묻자 조심스레 속내를 꺼내면서도 세상엔 훨씬 더 슬픈 일이 많다며 자신의 슬픔을 절하한다.

가장 큰 슬픔만 위로받는 세상을 만들지 말자. 위로가 사치일 정도로 하찮은 슬픔은 없다. 아무리 사소한 슬픔도 "네 슬픔을 들려줘"라는 말을 들어야 안식에 들 수 있다. 듣기는 비교급을 사용하지 않는다.

(((

당신의 모든 주의력을 동원해서
들으세요. 이 말은 그 순간에 온전히
임하란 뜻입니다. 그 사람에게 초점을
맞추세요. 그렇게 한다면, 당신은
그 사람에게 우리 모두가 갈망하는
것을 줄 겁니다. 관심이죠.

스티븐 오키프
『어떻게 잘 들을까: 청각장애인에게 배우는 요령』 강연

스티븐 오키프는 청각장애인이다. 듣지 못하는 그가 귀가 멀쩡한 사람들에게 듣는 법을 강의한다. 그의 말마따나 시각장애인이 실내 장식을 가르치고 도널드 트럼프가 머리 관리 방법을 가르치는 것만큼이나 말이 안 된다. 그럼에도 스티븐의 아내 앤 마리는 지금까지 만난 사람들 가운데 남편이 가장 경청을 잘하는 사람이라고 인정했다.

스티븐은 오랜 세월 자신이 터득한 세 가지 방법을 공유한다. 관심을 갖고 듣기, 눈으로 듣기, 마음으로 듣기. 싱거울 정도로 단순하다. 잔뜩 기대하던 나는 맥이 탁 풀렸다. 하지만 이내 고개를 주억거린다. 나 같은 비농인非聾人은 절로 소리가 들리니까 기본을 무시한다. 반면 스티븐은 다른 사람 말을 알아들으려고 애를 쓰지 않을 수가 없다. 그 세월이 오늘의 그와 우리를 갈랐다.

우리 집 고양이 '양양이'는 길냥이 어미에게 버림받은 아이다. 이웃집 지붕에서 떨어진 새끼를 어미가 와서 살피더니 그냥 가 버렸다. 찬비에 얼어 죽을까 봐 임시보호로 데려왔는데 7년째 식구로 살고 있다. 안타깝게도 양양이는 뇌전증(간질)에다가 청각장애묘다. 그래서 생모가 버렸구나 싶다. 아무것도 안 들리니 바로 옆에서 청소기를 돌려도 세상모르고 귀잠을 잔다. "양양아!" 이름을 불러도 돌아보지 않으니 못내 아쉽다. 하지만 이내 마음의 슬픔을 닝겐 가족 누구도 알아차리지 못하는 날, 내 속울음을 들어 주는 것은 양양이다. 거짓말처럼 내 곁에 찰싹 붙어서 유난히 부비부비를 시전하고 할짝할짝 애무한다.

소리를 듣지 못해 더 나은 경청묘인 우리 양양이. 언젠가 나도 너처럼 들리지 않는 것 너머를 듣게 될까?

(((

옳은 말
- 아이를 잃은 엄마가 쓴 시

리타 모란

제발 내가 그것을 극복했는지 묻지 말아 주세요
난 그것을 영원히 극복하지 못할 테니까요

지금 그가 있는 곳이 이곳보다 더 낫다고 말하지 말아 주세요
그는 지금 내 곁에 없으니까요

더 이상 그가 고통받지 않을 거라고 말하지 말아 주세요
그가 고통받았다고 난 생각한 적이 없으니까요

내가 느끼는 것을 당신이 알고 있다고는 말하지 말아 주세요
당신 또한 아이를 잃었다면 모를까요

내게 아픔에서 회복되기를 빈다고 말하지 말아 주세요
잃은 슬픔은 병이 아니니까요

내가 적어도 그와 함께 많은 해들을 보냈다고는 말하지 말아 주세요
당신은, 당신의 아이가 몇 살에 죽어야 한다는 건가요?

내게 다만 당신이 내 아이를 기억하고 있다고만 말해 주세요
만일 당신이 그를 잊지 않았다면

신은 인간에게 극복할 수 있는 만큼의 형벌만 내린다고는 말하지 말아 주세요
다만 내게 가슴이 아프다고만 말해 주세요

내가 내 아이에 대해 말할 수 있도록 단지 들어만 주세요
그리고 내 아이를 잊지 말아 주세요

제발 내가 마음껏 울도록
지금은 다만 나를 내버려둬 주세요

사랑하라 한번도 상처받지 않은 것처럼』
(류시화 엮음, 오래된미래, 2005)

007

세월호가 침몰한 사흘 째 날, 지인과 팽목항으로 달려갔다. 오지 랖일지도 모르나 아이를 잃고 우는 부모의 손이라도 잡아 드리고 싶었다. 내려가면서 무슨 말씀을 드려야 할까 속으로 어휘를 가다듬었다.

현장에 도착하자 배가 가라앉은 바다 쪽을 향해 흐느끼는 어머님들의 뒷모습을 보는 순간 몸이 얼어붙었다. 왕복 10시간이 넘는 길을 가서 아무것도 못 하고, 아무 말도 못 했다. 그분들 몇 발짝 뒤에서 내내 눈물을 훔쳤을 뿐이다. "인간은 이렇게 슬픈데, 주여, 바다가 너무 파랗습니다." 엔도 슈사쿠 문학관 '침묵의 비'에 적힌 문장이 뇌리에서 가시지 않았다. 푸른 바다가 그토록 야속한 날이 또 있었을까.

그 뒤로 4·16 주간이면 교회에서 세월호 유가족을 초청해 간담회를 열었다. 압도적인 슬픔 앞에 어느 누구도 설익은 위로의 말을 꺼내지 않았다. 지금은 볼 수 없는 사랑하는 자녀의 이야기를 맘껏 하시도록 그저 듣기만 했다. 해마다 다른 부모님들이 오셨지만 그분들의 말씀은 결국 리타 모란의 시로 수렴되었다.

내가 내 아이에 대해 말할 수 있도록 단지 들어만 주세요
그리고 내 아이를 잊지 말아 주세요

(((

아직 '언어로 무르익지 않은 것'이
아이의 아픔이다. 심장병 아동은
자신의 아픔을 오로지 태도의 변화로만
표현할 뿐이다.

헤르베르트 플뤼게, 『아픔에 대하여』
(김희상 옮김, 돌베개, 2017)

캐나다에서 태어난 딸아이가 생후 6주 만에 큰 수술을 받았다. 보호자 대기실에서 초조하게 결과를 기다리는데 흑인 여성이 눈물을 뚝뚝 흘린다. 어린 자녀가 2년째 백혈병으로 투병 중이란다. 그를 위로하면서 이런 생각이 들었다. 우리는 말이라도 하지, 아픔을 표현할 수 없는 어린것들은 무슨 죄란 말인가. 중환자실로 옮긴 딸아이는 내내 울기만 했다. 달리 자신의 고통을 토로할 방편이 있겠는가.

『아픔에 대하여』에 나온 심장병을 앓는 소녀도 그랬다. 매일 아침을 명랑하게 열지만 한 시간만 지나면 친구들과 더 놀 수가 없다. 말없이 집에 돌아와 누운 소녀에게 왜 더 안 노느냐고 물으면 "지루해졌어"라고 답할 뿐이다. 소녀는 "'심장 없음'뿐만 아니라 '말 없음'으로 아픔을 감당할 뿐이다." 아직 언어로 무르익지 않은 슬픔을 태도로만 표현할 뿐이다.

아이만이 아니라 어른 역시 언어의 빈곤으로 고통받는다. 버지니아 울프는 『병듦에 대하여』에서 인간은 질병의 고통에서 영원히 벗어날 수 없는데 정작 이를 다룬 문학 작품은 왜 그렇게 드문지 묻는다. "햄릿의 생각과 리어왕의 비극을 표현할 수 있는 영어가 오한과 두통을 위한 말을 갖고 있지 않다니." 병듦을 표현할 어휘가 태부족한 것이 그 이유다. 실제로 우리가 통증에 몸부림칠 때 동원 가능한 어휘는 '아프다'가 유일하다. 그 밖에는 짐승의 언어에 가까운 끙끙 앓는 소리가 전부다.

언어의 궁핍에 굴하지 않고 최대한 고통을 표현하려는 몸짓은 얼마나 눈물겨운가. 언어를 넘어서서 아픔을 포착하고 공감하려는 시도는 또 얼마나 눈물겨운가.

(((

나는 온전한 귀이다.

도로테 죌레, 『신비와 저항』
(정미현 옮김, 이화여자대학교출판문화원, 2007)

매 순간 매 자리에 온전히 머물고자 노력하지만 아직 멀었다는 생각이 들 때가 있소. 이를 닦거나 세수할 때가 특히 그렇소. 나이가 반백이 훌쩍 넘었는데도 여전히 무언가에 쫓기듯, 귀찮아서 빨리 해치우듯, 내 행위에 온전히 임하지 못하는 나를 보오. 우리 애들이 유튜브를 보면서 이를 닦는데 내 주위에도 양치할 때 핸드폰을 보는 친구들이 많다는 걸 알고 깜짝 놀랐소. 벗님들아, 그러지 마소. 멀티태스킹은 숲에서 잎새빛●을 뺨으로 받는 동시에 새소리에 귀를 기울일 때나 아름다운 것이라오.

나도 안다오. 살면서 해야 할 많은 일은 본디 괴롭고 지겨운 속성을 지녔음을 말이오. 그래서 샤워하고 설거지하면서 음악을 틀어 기분을 북돋는다오. 그걸 누가 탓하겠소. 하지만 유튜브를 보면서 밥을 먹느라 음식의 풍미와 질감을 음미하지 못한다면, 어렵게 떠난 여행에서도 사진 촬영에 몰두하느라 풍광에 젖어 들지 못한다면 가히 슬픈 일 아니겠소.

도로테 죌레는 역작 『신비와 저항』에서 "우리의 경험 속에 우리가 없다"는 문장으로 이런 병폐를 지적했다오. 죌레는 "나는 온전한 귀이다"라는 신비로운 표현을 쓰면서 언제 우리가 온전한 손과 발, 온전한 눈과 귀가 될 수 있을지 묻는다오. 우리가 일을 하면서 "나는 온전한 손이다"라고 할 수 있고, 길을 걸으면서 "나는 온전한 발이다"라고 할 수 있다면 얼마나 근사하겠소. 사랑하는 이를 보면서 "나는 온전한 눈이다"라고 할 수 있고, 사랑하는 이를 들으면서 "나는 온전한 귀이다"라고 할 수 있다면 얼마나 행복하겠소. 8·15 광복 이후로 가장 감격스러울 것이오.

● 잎 사이로 드는 빛. 우리말에 없어서 내가 만든 단어다. 일본어로는 코모레비. 게일어로는 아보랄리스. 위스키 '글렌 그란트 아보랄리스' 가 여기에서 왔다.

(((

"어디 아프신가, 베르토둘로스?
이가 덜그럭거리는군. 추우신가?"
"아닙니다, 대장님. 겁이 나서요."
"창피하지도 않은가?"
"네, 대장님. 창피하지 않아요."
그는 외투로 몸을 감싸고 꼿꼿이 앉았다가
벽에 등을 기대었다.
그는 성호를 그으며 중얼거렸다.
"주여, 긍련히 여기소서! 사람이 칼을 들고
다른 사람을 죽인다는 걸
나는 도무지 이해할 수가 없습니다.
알다가도 모르겠어요. 나는 양도
못 죽입니다. 내가 양이라고 했습니까?
웬걸요, 대장님. 믿으실지
모르겠습니다만, 나는 오이만 썰어도
섬뜩하답니다."

니코스 카잔차키스, 『미할리스 대장 2』
(이윤기 옮김, 열린책들, 2008)

20대 후반과 30대 초반을 군 정신교육 담당인 정훈장교로 복무했다. 내 임무는 평시와 전시에 병사의 사기를 증진하고 두려움을 없애 주는 것이었지만, '인간에게 두려움이 꼭 제거의 대상인가'라는 의구심을 떨치지 못했다. 학창 시절엔 맘이 여린 녀석이 같이 어울리던 불량서클 애들에게 따돌림 당할까 봐 진심이 아닌 비행에 엮이는 꼴을 봤고, 군에서는 도저히 사람에게 총을 겨누지도, '까라면 까'라는 분위기를 견디지도 못하는 유약한 성정의 사병이 '고문관'으로 찍혀 괴롭힘을 당하다가 정신이 나간 모습을 봤다.

국가는 민족이나 애국 같은 장엄한 호명으로 공포를 마취시켜 젊은이를 전쟁터로 내몰지만 그 부름에 응답하지 못하는 이들은 엄연히 존재한다. 그들에게 매국노니 겁쟁이니 하는 비난은 부당하다. 인류가 존재하는 한 전쟁이 종식될 수는 없겠지만 '나는 무섭다'는 내면의 목소리를 부끄러워하지 않는 이들이 있어야 소위 문명사회가 악마화하지 않는다. 나치의 홀로코스트나 일제의 가미카제를 보라. "어떻게 사람이……" 하고 탄식하게 만드는 잔혹 동화는 두려움을 제거할 때 발생한다. 과거 군대에서 두려움을 휘발시키려고 마약을 먹인 것은 공공연한 비밀이다.

크레타 사람인 카잔차키스는 튀르키예에 맞선 조국 크레타의 독립 투쟁을 그려 내면서, 겁이 많아 오이 하나도 못 써는 인물 베르토둘로스를 왜 등장시켰을까. 서사 전개에 필수적이지도 않은 장면을 왜 굳이 포함했을까. 이러니 내가 카잔차키스를 사랑하지 않을 수 없다. 베르토둘로스처럼 겁먹은 걸 수치로 여기지 않는 사람이 세상에 늘어나면 좋겠다. 이를 비웃지 않는 사람도 비례해서 늘어나면 좋겠다. 그들은 인류애의 부패를 막는 소금이다.

(((

늙어서는 어느 누구도 혼자 있어서는
안 돼, 하고 그는 생각했다.

어니스트 헤밍웨이, 『노인과 바다』
(김욱동 옮김, 민음사, 2012)

011

"Hello, my dear!" 제니 할머니는 오늘도 뒤뜰의 내게 인사를 건넨다. 한 주에 딱 한 번 외출하는 분이 매번 나랑 마주친다면, 내가 정원에 있는 시간에 맞춰서 할머니도 집을 나선다는 의심이 합리적이다. 이번에도 30분 넘게 나를 붙들곤 묻지도 않은 얘기를 줄줄이 꺼내 놓는다. 옆집 글로리아가 다가와 제니는 한번 입을 열면 놔주질 않으니 조심하라고 한다. 알았다고 답하며 웃었지만 독거노인이 얼마나 말벗이 궁했으면 영어도 서툰 이방인에게 매달릴까 싶었다. 토론토 호프웰 애비뉴에 살 적의 일이다.

내가 제니 할머니를 동정심으로만 대한 건 아니었다. 대학원을 다녔지만 아카데믹한 수업보다 생활영어가 더 어려웠다. 젊은 친구들의 빠른 말과 슬랭은 따라잡기 벅찼다. 반면 제니의 말은 0.5배속에 유행어나 줄임말을 쓰지 않아 내 수준에 딱이었다. 한 말을 깜빡하곤 다시 해 주니까 앞에서 놓친 대목을 보충하기에도 그만이었다. '완전 자동 반복재생이잖아!'

제니 할머니는 캐나다의 긴긴 겨울엔 낙상할까 두려워 외출을 삼갔다. 나는 겨우내 제니가 그리웠다. 간식이나 선물을 들고 초인종을 누르면 기척이 없었다. 그럼에도 봄이 오면 어느새 내게 다가와 인사를 건넸다. 반가움에 마른 몸을 덥석 쓸어안기도 했다. 그러던 어느 화창한 계절, 겨울도 아닌데 제니 할머니가 보이지 않았다. 며칠 뒤 동네 사람들이 수군거렸다. 제니가 죽었다고 했다. 나중에 제니 할머니의 자녀분이 찾아와서 어머니의 말동무가 되어 줘서 고맙다고 인사를 했다.

오늘 독거노인과 고독사에 관한 기사를 읽다가 늙어서는 누구도 혼자 있어서는 안 된다는 산티아고의 말이 사무친다. 오늘따라 제니 할머니가 그립다.

(((

사람들은 당신의 비밀을 조용히 지키지
않을 수도 있다. 그러나 당신은 비밀을
지키고 그들을 지켜야 한다.

프랑스의 대문호 빅토르 위고

우리 집 셋째가 초등학교 시절 게 두 마리를 키웠다. 살 곳을 마련해 주고 먹이도 챙겨 주며 살뜰히 돌봤다. 집에 오자마자 게가 잘 있는지부터 살폈다. 어느 날 학교를 다녀왔는데 게 한 마리가 없어졌다. 허물을 벗는 사이에 다른 한 마리가 잡아먹은 것이다. 충격을 받은 아이는 절규했다. "왜 그랬어! 친구를!" 온유한 셋째가 그렇게 소리 지르는 모습을 처음 봤다. 그게 트라우마로 남았는지 고등학생인 지금도 그 일을 꺼내곤 한다.

인간사에서도 같은 일이 벌어진다. 짙은 사귐을 나누려면 상처받기 쉬운 부위를 드러내는 용기를 발휘해야 한다. 감추었던 나의 그늘을 관계의 빛에 노출하는 용기가 네게도 맨살을 드러내는 용기를 촉발한다. 사랑이니 우정이니 하는 것은 그렇게 촉발된다. 우정은 비밀을 먹고 자라는 법이니까. 하지만 허물을 벗고 무방비 상태가 되었더니 이를 빌미로 공격하는 사특한 종자들이 있다. 연약한 속살을 내보이니 이때다 싶어 살을 탐하는 자들은 인간에 대한 환멸을 불러온다. 이런 자들을 북조선에선 혁명적인 개새끼라고 부른다.

기억하라. 내 비밀을 공유한다는 것은 누군가에게 비수를 쥐여 주는 모험이다. 그럼에도 두려움에 눌려 아무에게도 속내를 꺼내 놓지 못하는 삶은 얼마나 박복한가. 용의 피에 온몸을 담가 어떤 약점도 노출하지 않으려는 지크프리트 같은 인생은 또 얼마나 가엾은가.

경청은 듣는 것에 그치지 않는다. 듣고 간직하는 것까지를 의미한다. 우리가 누군가의 비밀을 듣고 간직하는 것은 인간의 마땅한 도리이지만, 나아가 이 세상에 우정이 번식할 토양을 일궈 주는 보다 큰 사랑이다.

((　(

어떤 환자들은 의사가 그들의 어려운
처지를 이해하고 자신들을 안심시켜
주기만 해도 건강을 회복한다.

서양 의학의 아버지로 불리는 히포크라테스

세계적인 심장 전문의 버나드 라운은 『잃어버린 치유의 본질에 대하여』에서 의사가 '기술자'로 전락했다고 탄식한다. 과거에는 오직 환자의 말에 의존해서 진단하던 의사들이 의학기술의 비약적인 발전에 편승, 의료장비의 신봉자가 된다. 객관적인 검사 결과가 손에 턱 하니 쥐어지니 주관적인 환자의 고통을 경청할 이유가 없다. 본디 의사의 본분이던 돌봄caring과 치유healing는 간 데없고 관리managing와 처치treating만 남게 되었다. 결국 "고통받는 인간으로서 환자라는 존재는 잊힌다."

의학계에서 '치유자'healer는 중세 시대의 냄새가 폴폴 나는 '올드스쿨'한 단어다. 하지만 97세에도 현역 의사로 활동하는 버나드 라운은 의사들이 치유자의 정체성을 회복해야 현대 의학의 문제를 해결할 수 있으며, 치유자가 되려면 먼저 환자의 말을 경청해야 한다고 믿는다. 환자의 병력을 정성껏 들어 주는 일은 진료 그 이상의 행위로서 환자와 의사가 신뢰 관계를 맺게 한다. 환자가 꺼낸 말을 잘 들어야 의사가 꺼낸 처방도 잘 듣는다. 서양 의학의 아버지가 말한 대로 환자의 고충을 이해해 주기만 해도 건강을 회복한다.

실제로 '내 말'을 들어 주는 의사를 만나면 감기가 더 빨리 낫는다는 연구 결과가 나왔다. 의사가 내 말을 경청한다고 느끼면 환자의 면역력이 왕성해진다는 것이다. 미국의 어느 의대에서는 의대생들에게 건강진단을 받게 한 다음 말기 환자라고 속여 환자의 절박한 입장을 느끼게끔 한다. 이런 짓궂은 기획은 조회수 대박을 노린 몰래카메라가 아니라 환자의 말에 공감할 줄 아는 의사를 양성하려는 노력의 일환이다. 물론 영상으로 올라오면 '좋아요'를 꾸욱 누르고 싶어지겠지만 말이다.

(((

영국 국립보건임상연구원은 2017년에야
최초로 의사들에게 관련 지침을 배포했다.
첫 번째 충고는 다음과 같았다.
"여자들의 말을 잘 들어라."

캐럴라인 크리아도 페레스, 『보이지 않는 여자들』
(황가한 옮김, 웅진지식하우스, 2020)

남자 의사가 얼마나 여자 환자의 말을 귀담지 않으면 이런 지침을 내렸을까. 영국왕립과학회 과학서적상에 빛나는 『보이지 않는 여자들』을 보면 기가 막히는 사례가 허다하다. 어지러움을 호소하는 여성의 증상을 정신질환으로 몰지만 나중에야 "생명을 위협할 수도 있는 자궁근종"으로 밝혀진 건 약과다. 극심한 생리통에 쓰러진 여성을 처음엔 스트레스로 진단하더니 다음엔 소화기내과 병동에 입원시킨다. 나중엔 비뇨기계 검사 등 온갖 검사를 해도 다 음성으로 나오자 환자의 증상을 상상으로 치부하고 퇴원을 종용한다. 사실 그 환자는 자궁내막증이었다.

이런 일이 얼마나 흔한지 '엔틀 증후군'이란 용어가 있을 정도다. 여성의 증상이나 질병이 남성과 다를 때 제대로 치료받지 못하는 것을 가리키는 말이다. 실제로 『영국의학저널』은 젊은 여성이 입원 중에 사망할 확률이 남성의 2배라고 폭로했다.

인류 절반의 질병이 오해를 받는 것은 남성이 인간의 '디폴트 값'이라는, 여전히 만연한 믿음에 기인한다. 한 예로 여성의 9할이 월경전증후군을 앓지만 충분한 연구 데이터가 없다. 반면 발기부전 논문은 월경전증후군 논문보다 5배나 많다. 연구에 착수해도 '월경전증후군은 존재하지 않는다'는 이유로 연구보조금을 거절당하기 때문이다. 그럼 이건 또 어떤가. 여성과 관련한 의학적 문제는 임상시험에 당연히 여성이 포함되어야 하는 게 상식이다. 그런데 여성이 포함되지 않았냐고? 아니, 아예 연구 자체가 존재하지 않는다. 이 정도면 여성들이 병원을 보이콧이라도 해야 할 판이다.

의사들에게 배포한 지침을 빌려 부탁한다. 여자들이 아프다고 할 땐 잘 들어 주어라.

(((

내 질문은 목소리와 관계에 관한
것이며, 또한 심리적 과정과 이론,
특히 남성의 경험이 모든 인간의 경험을
대변한다는 이론에 던지는 도전장이다.
그런 이론은 여성의 삶을 삭제하고
여성의 목소리를 걷어 간다.

캐럴 길리건, 『침묵에서 말하기로』
(이경미 옮김, 심심, 2020)

바로 앞에서 의료계가 여성의 몸을 듣지 않는다고 했는데 여성의 마음도 같은 취급을 당했다. 하버드 교수 길리건은 심리학이 남성의 목소리만 충실하게 반영했다고 주장한다. 심리학의 위대한 교부 프로이트, 피아제, 에릭슨 등의 이론이 여성의 목소리를 괄호에 넣었다는 것이다. "성인 발달의 서술에서 여성의 목소리가 소거되면 인간 발달 과정의 단계와 순서에 대한 개념이 왜곡된다." 그 결과 여성은 심리학을 공부하거나 상담을 받을수록 자신을 수용하는 것이 아니라 더 소외시키는 경험을 한다. 이는 심리학자만의 잘못은 아니다. 우선 여성 본인이 가부장제 하에서 자신의 목소리를 듣는 데에 어려움을 겪기에 심리학자 역시 여성의 목소리를 파악하는 데에 곤경을 겪는다.

나는 두 가지 발견 덕에 이 책을 쓰게 되었다. 첫 번째는 여성의 말에 귀 기울여야 한다는 것이고, 두 번째는 인간 심리 이론과 도덕 이론이 남성의 목소리에만 집중한 결과물이라는 사실을 인식한 것이다. "인간의 대화"에 여성의 목소리가 포함되면 어떤 차이가 생길까?

길리건은 인간의 대화에 여성의 목소리와 여성의 삶이 포함되면 심리학과 역사가 송두리째 달라진다고 말한다. 실제로 심리학의 고전이 된 『침묵에서 말하기로』는 남성 중심의 심리학을 바꾸었다는 평가를 받는다. 그렇지만 길리건은 남녀가 본질적으로 다르다거나 누가 더 우월한가와 같은 고리타분한 이분법엔 반대한다. 그저 남성의 경험이 모든 인간의 경험을 대변할 수 없음을 밝힐 뿐이다.

(　(　　(

얼마 전만 해도, 어린아이는 식탁에서
말을 하지 않는 게 원칙이었다. 어른들이
옆에서 대화하더라도 어린아이는
그 대화에 끼어들 수 없었다. 요즘에는
노인에게 그 원칙이 적용되는 듯하다.
적잖은 가족에서 어린아이와 어른이
각자의 의견을 요란하게 표현하며
입씨름을 벌이지만, 노인에게는 말할
기회가 주어지지 않는다. 노인에게도
의견이 있을 거라고 누구도 번거롭게
생각하지 않기 때문이다.

폴 투르니에, 『노년의 의미』
(강주헌 옮김, 포이에마, 2015)

016

"늙은 개가 짖을 때는 밖을 살펴라." 노인의 말을 무시하지 말라는 뜻의 독일 속담이다. 전 세계 어떤 문화권이라도 노인의 지혜를 찬양하는 속담이 있다. 그리스에선 "집에 노인이 안 계시면 빌려서라도 모시라"고까지 한다.

아프리카의 현자라 불린 아마두 함파테 바는 유네스코 연설에서 "노인이 죽는 것은 도서관 하나가 불타는 것과 같다"는 속담을 인용하며 백발에게 최고의 헌사를 바쳤다. 하지만 문물이 급변하는 오늘날, 노인은 도태의 표상이다. 농경시대였다면 그들의 경험에서 나온 말 한 올 한 올이 존경과 권위를 동반했겠지만, 21세기인 지금은 자식이 사 준 스마트폰이나 식당의 키오스크(무인주문기) 앞에 쩔쩔매는 존재일 뿐이다.

노인들은 처음 보는 사람에게도 아무렇지 않게 말을 건다. 내가 브롬톤 자전거를 타고 나가면 "그 자전거 좋아 보이네. 비싼 거요?" 하고, 우리 집 뒷산에 캠핑의자를 펴고 앉아 책을 읽으면 "멋을 아는 사람이구먼" 한다. 젊은 사람이라면 일면식도 없는 사이에 절대 하지 않을 행동이다. 연세가 들면서 남의 눈치를 덜 보는 점도 작용하겠지만 자신에게 반응해 줄 상대가 부족해서 그런 건 아닐까.

나의 고요함을 불쑥 깨고 들어오는 연세 지긋한 불청객의 침입이 불편할 때도 있지만 대개는 눈을 마주치며 정성껏 대꾸해 드린다. 그러다 때때로 대화가 이어지면 고작 몇 분이지만 말벗이 되어 드리는 보람을 느끼고 늙은 개의 경륜을 습득하기도 한다. 다만 버스정류장에서 갑자기 자식 자랑을 늘어놓는 분이나 병원 대기실에서 며느리를 욕하는 분은 사양한다.

(((

타인의 말을 잘 들어 주는 사람의
영향력은 단순히 뇌 건강을 지켜 주는
수준을 넘어선다. 누군가에 사랑받고
지지를 받는다는 느낌을 받는 사람은
독립성을 유지하고, 사회의 일원으로
기능을 잘하며 다른 사랑하는 사람들과
교류하고 일상에서 좋아하는 일들을
훨씬 오래 할 수 있게 된다.

하버드 의대 교수 조엘 살리나스

병원 접수대에서 일하는 지인이 노인들을 두고 푸념을 한다. '투 머치 토커' 박찬호도 아니고 말이 너무 장황하다는 것이다. "내가 원래 다른 동네에 살아서 그 동네 이비인후과를 다녔는데, 두 달 전에 이 동네로 이사를 왔어요. 처음에 다른 병원엘 갔더니 직원부터 의사까지 친절하지가 않아서…… 거기에서 약 처방 받고 좋아지긴 했는데 불쾌했던 기억이 나서 거긴 가고 싶지 않고…… 그래서 경로당에서 말을 꺼냈더니 여길 추천해 줘서 오늘 처음 왔는데……." 어디가 아픈지 용건만 딱 말하면 되는데 불필요한 말이 한 타래니, 바쁠 때 저러면 짜증이 날 만도 하다. 나는 우리 엄마가 떠올라서 공감의 웃음을 지었다.

노인들은 왜 그리 TMI일까? 노인들은 자신이 여기까지 이르게 된 사정을 상대가 알아주기를 바란다. 배경과 맥락까지 말해야 자신의 의도와 상태를 제대로 전할 수 있고, 그래야 더 나은 서비스를 받을 거라고 생각한다. 용건만 간단히 말하면 정이 없다고 느끼기도 한다. 나는 여유가 있으면 가능한 한 말씀을 들어 드리고, 바쁠 땐 무안하지 않도록 재치 있게 화제를 돌리라고 지인에게 조언했다. 사실 '재치 있는 전환'은 내게도 어렵다. 시간이 넉넉할 때 엄마와 한 시간 통화는 일도 아니다. 그런데 간단한 안부만 여쭈러 전화했더니 운동화 끈처럼 이야기를 질질 풀어놓으시면 마음이 급해진다. 결국 "엄마 미안한데요" 하며 무지르고 만다.

자신의 말을 경청하고 공감해 주는 사람을 가진 성인은 그렇지 않은 사람보다 뇌 건강과 인지 연령이 4년 이상 젊다는 연구 결과가 나왔다. 잘 들어 주면 혈관 질환 예방과 정신 건강에도 기여한다고 한다. 부모님의 건강과 치매 예방을 위해 말씀을 흥건하게 들어 드리자. 연습이 필요하다 싶으면 박찬호 영상도 보면서.

((　(

감자 놓던 뒷밭 언덕에
연분홍 진달래 피었더니
방안에는
묵은 된장 같은 똥꽃이 활짝 피었네.
어머니 옮겨 다니신 걸음마다
검노란 똥자국들

전희식·김정임, 『똥꽃』
(그물코, 2008)

018

『똥꽃』의 저자 전희식 선생은 늙고 병든 노인을 '관리'의 대상으로 취급하는 풍조에 반대한다. 치매 걸린 어머니가 방에서 식사와 배변을 해결하도록 하는 것은 관리하는 입장에서는 편하지만 사실 감금이라고 보았다. 선생은 장고 끝에 귀농을 감행, 시골에서 어머니를 수발한다.

전희식 선생은 사회가 흔히 노인에게 저지르는 무례와 무시를, 인간 존엄을 훼손하는 죄악으로 여긴다. 어머니에게 절대 반말을 쓰지 않는 것은 물론, 집을 드나들 때마다 언제나 큰절을 올린다. 무엇보다 어머니의 말씀 한마디를 흘려듣는 법이 없다. 한번은 선생이 일하러 나간 사이에 어머니가 방에 똥을 싼다. 집에 돌아와 방구석에 웅크린 어머니의 눈초리에서 아들에게 버림받을지 모른다는 공포를 읽어 낸 선생은 눈물을 흘리며 「똥꽃」이란 시를 짓는다.

선생은 어머니의 존엄성과 존재감을 높이는 것이 최고의 치매 치료제임을 확신한다. 어머니에게 기저귀를 채우지 않는 것도 '똥오줌도 못 가리는 애만도 못한 인간'으로 취급하지 않겠다는 존중의 표시였다. 그의 신념은 마침내 결실에 이른다. 어머니의 배뇨 감각이 회복되었고, 선생이 제작한 전용 뒷간에서 똥오줌을 보실 정도로 상태가 좋아졌다. 현대 의학이 포기한 일을 인간 존중이 해 낸 것이다. 물론 치매 부모를 둔 분들이 다 이렇게 할 수도 없고 어떤 점에선 그래서도 안 된다. 다만 이 책에서 빛나는 존중과 경청의 치유력만큼은 더 널리 울려 퍼져야 한다.

(((

밤중에 계속 걸을 때 도움이 되는 것은
다리도 날개도 아닌 친구의 발소리다.

독일의 미학자 발터 베냐민

한 치 앞도 안 보이는 칠흑 같은 밤이다. 몸은 천근만근 물먹은 솜처럼 무겁다. 그때 나를 앞으로 나아가게 하는 것은 무쇠처럼 튼튼한 다리도 아니고 훨훨 날아가게 해 줄 날개도 아니다. 깜깜해서 보이진 않지만 주위에서 함께 걷는 친구의 발소리가 나를 계속 걷게 한다.

영화 『라스트 캐슬』에서 3성장군 어윈(로버트 레드퍼드 분)은 베트남 전쟁 중 포로로 잡혀 고문당하던 시절을 회상한다.

"네가 고문을 받을 때 그들이 가장 먼저 하는 일은 자존감을 무너뜨리는 거야. 나는 하노이에서 무너졌지. 몇 주 내내 내 마음에 끝까지 남은 것은 자기 보존이었어. 사실 난 매일 밤 죽게 해 달라고 기도했지. 그때 내가 죽지 않도록 지켜 준 단 한 가지는 다른 방에 갇힌 동료들의 목소리였어."

더는 못 하겠다 싶어 일을 관두려 할 때 동료의 발소리를 들은 적이 있는가. 더는 못 살겠다 싶어 삶을 접으려 할 때 친구의 목소리를 들은 적이 있는가. 과분하게도 나는 있다. 그대에게도 있었기를. 이전에 없었다면 앞으로 꼭 있기를.

(((

경제개발에서는 무엇보다도,
만약 사람들이 도움받기를
원치 않는다면 그들을 내버려 두라.

『작은 것이 아름답다』를 쓴 영국의 경제학자
에른스트 프리드리히 슈마허

020

빵집 주인 마사 미챔은 의치 두 개와 동정심 넘치는 따스한 마음을 가졌다. 마사의 빵집엔 매번 갓 구운 빵의 반값인 딱딱한 빵 두 덩이만 사 가는 남자가 온다. 그의 손가락에 묻은 물감 자국을 본 마사는 굳은 빵으로 끼니를 때우는 가난한 화가라고 짐작한다. 혼자 호감을 키우던 마사는 그가 주목받지 못한 숨은 천재라고 확신하고 후원자가 되기를 바란다.

어느 날 마사는 묵은 빵 속에 칼집을 내고 신선한 버터를 듬뿍 넣어서 남자에게 싸 준다. 이렇게 하면 자존심 강한 저 가난한 예술가에게 나의 마음이 전해질까? 그런 행복한 상상을 하며 얼굴이 붉어지는 마사.

그때 남자가 격분한 얼굴을 앞세워 빵집에 돌아온다. 마사에게 자신의 인생을 망쳤다며 욕을 퍼붓는다. 사실 그는 화가가 아니라 건축설계사로 설계 초안의 연필 자국을 지우려고 빵을 샀다. 지난 석 달간 심혈을 기울인 시 청사 설계도를 오늘에야 완성했고, 남은 연필 자국만 식빵으로 지우면 되는데 빵 속에 든 버터가 100일에 가까운 노고를 다 망친 것이다. 오 헨리의 단편 「마녀의 빵」의 줄거리다.

나는 오지랖을 사랑한다. 개인이 단자화된 삭막한 사회에서 애정 어린 오지랖이 세상의 사막화를 방지해 준다. 하지만 상대방에게 듣지 않고 부리는 오지랖은 상대방을 불쾌하게 하고 심하게는 비참하게 한다. 조선 시조의 한 소절처럼 "다정도 병인 양하여 잠 못 들어 하노라"로 끝나면 다행인데 자칫 마사처럼 남을 잠 못 들게 할지도 모른다.

(((

정부에서 찾아와 묻더군요.
"도대체 어떻게 한 거죠?"
"어떻게 했냐고요? 저는 아주아주
어려운 걸 했답니다. 입 닥치고
그들의 말을 들었죠."

이탈리아 지역경제개발 전문가 에르네스토 시롤리
TED 강연

스물한 살 청년 에르네스토 시롤리는 의미 있는 삶을 살고 싶었다. 1970년대에 이탈리아 비정부기구 활동가로 아프리카로 건너가 지역경제개발을 도모하지만 추진한 프로젝트마다 낭패를 맛본 그는 자신이 손댄 것은 다 죽었다며 쓴웃음을 짓는다.

실제로 서방국가는 1970년 이래 3000억 달러 이상의 원조금을 아프리카에 뿌렸지만 밑 빠진 독에 물 붓기였다. 담비사 모요가 『죽은 원조』에서 지적하듯이 서방의 원조는 도움이 아닌 "재앙이 되어 왔고 앞으로도 계속 그럴 것"이다. 일방적인 원조금은 부패한 군사정권을 유지하고 경제 불평등을 악화시킨다. 현지인의 목소리는 배격된 채 서구의 백인 남성에 의해 주도되는 아프리카 경제개발 담론은 필패할 운명이다.

실패를 거친 시롤리는 자문한다. 내가 기획한 사업을 의욕적으로 추진할 것이 아니라 그냥 현지인 곁에 앉아 그들이 하는 이야기를 들어 줄 수는 없을까. 스물일곱 살의 시롤리는 마침내 자신의 열정이나 계획을 캐비닛에 넣어 둔다. 대신 주민회의 같은 공적인 자리가 아니라 카페나 술집에서 개인적으로 만나 이야기를 들었다. 그들이 바라는 바를 경청하고 그들의 열정이 이뤄지도록 도왔다. 그 결과 세계 300개 지역에서 4000가지 사업을 성공시켰다.

사람에게는 제 꿈을 펼치고 싶은 욕망이 있다. 지역개발가로서 주민들이 행복해할 모습을 떠올리며 오래 준비해 온 기획을 접기란 쉽지 않다. 현지인의 목소리에 먼저 귀를 기울이는 것이 어려운 이유다. 내 몸을 불사르게 내어 주기보다 가만히 들어 주는 일이 더 어렵다. 변화는 어려운 일을 시도해야 일어난다. 듣자. 우선 듣자.

((　(

제가 알린스키● 이론에서 배웠던 게,
스스로 말하게 해야 한다예요. 가난한
사람들이 스스로 말하게 해야 해요.
선생님들(노숙인들)이 주체가 될 때
진정한 힘이 생겨요. 내가 아무리 좋은
청사진을 제시해도 선생님들이 그걸
자기 것이라고 생각하지 않으면 결국에는
모래 위에 세워진 거고요. 선생님들
안에서 자발성이 만들어질 때까지
기다리고 한 걸음 갈 수 있도록 옆에서
있어 주는 게 제가 가져야 하는 자세라고
생각해요. 귀 기울여 듣고, 옆에 서고,
친구로서 함께 있는 게 중요한 것 아닌가
생각해요.

● 1930년대 미국 시카고에서 빈민대중운동을 시작해 현대적인 지역
사회 조직화를 이끈 사울 알린스키를 가리킨다.

김건호, 『약함의 학교』
(노느매기 서포터즈, 2019)

내 전화기에 매년 기일이 뜨는 몇 사람이 있다. 11월 22일은 30대 이후 내 삶을 설명할 때 빠질 수 없는 분, 김건호 목사가 하늘의 부름을 받은 날이다. 건호 형은 신학생 시절 '도시빈민선교회'를 만들었고, 졸업 후엔 달동네에서 공부방을 운영했다. 건강을 잃고 빈민 목회에서 물러났지만 40대에 빈민의 곁으로 돌아와 노숙인 사역을 시작했다. 건호 형은 노숙인이 시혜의 대상이 아닌 사업의 주체가 되려면, 참가자 전원이 동등한 권한을 행사하는 협동조합이 제격이라 판단했다. 노숙인 자활과 자립을 꾀하는 '노느매기협동조합'●이 탄생한 배경이다. '노느매기'는 '여러 몫으로 갈라 나누는 일'이란 뜻의 순우리말이다.

조합은 노숙인의 삶을 책으로 내는 프로젝트를 진행했다. 건호 형은 매달 꾸준히 봉사하러 오는 청년들에게 노숙인 선생님의 삶을 8회에 걸쳐 듣고 글로 정리해 달라고 부탁했다. 이른바 생애사 작업이다. 이때 강조한 한 가지 원칙이 있다. 인터뷰할 때 질문만 하고 충고는 하지 말 것. 노숙인 선생님들은 처음엔 나 같은 실패한 사람의 이야기가 책으로 나오다니 말도 안 된다며 손사래를 쳤다. 하지만 누군가 자신의 '라이프 스토리'를 경청하자 내 삶도 들을 만한 가치가 있고, 기록될 만한 가치가 있다는 존엄이 그들 안에 싹텄다.

인생의 좌절을 겪고 자기 존엄을 잃으면 누구라도 자칫 자신을 좌절에 방치하고 나중엔 거리에 방치할 수도 있다. 실패와 폭음만 자기 방기의 대상이 아니다. 돈과 성공에 자신을 방기하는 이도 적지 않다. 노숙인이건 아니건 자기 존엄을 회복해야 자신을 귀하게 대한다.

● 사회적 협동조합 노느매기를 궁금해하는 분이 계실까 하여 홈페이지 주소를 남긴다. 후원해 주시면 큰 힘이 될 것이다. https://nnmg.co.kr

((　(

남이 노래할 땐
잠자코 들어주는 거라,
끝날 때까지.

소쩍……쩍
쩍……소ㅎ쩍……
ㅎ쩍
……훌쩍……

누군가 울 땐
가만있는 거라
그칠 때까지.

윤제림, 「소쩍새」, 『그는 걸어서 온다』
(윤준호 지음, 문학동네, 2008)

짐작건대 노래방이나 술자리일 것이다. 누군가가 소쩍새, 그러 니까 「낭랑 18세」를 신나게 불렀을 테지. "저고리 고름 말아 쥐고 서 누구를 기다리나 낭랑 18세. 버들잎 지는 앞개울에서 소쩍새 울 때만을 기다립니다. 소쩍꿍 소쩍꿍 소쩍꿍 소쩍꿍. 소쩍꿍 새 가 울기만 하면 떠나간 그리운 임 오신댔어요." 이 대목에서 자 신의 임 생각에 북받쳐서 노래가 훌쩍훌쩍 울음이 되었으리라.

말할 때도 종종 그런 모습을 본다. 처음엔 흥겹게 이야기를 하다가 나중엔 울음을 터트린다. 울면 으레 이런 반응이 나온다. "왜 울어. 울지 마." 산타 할아버지의 선물을 기대할 나이도 아닌 데 왜 자꾸 울지 말라고 할까. '울지 마'는 관습적인 위로의 말이 기도 하지만 분위기를 망쳤다는 완곡한 원망이거나 어떻게 반응 할지 모르는 당혹함의 토로이기도 하다.

울음은 잠자코 들어주는 거다. 울음 역시 경청의 대상이다. 경청이 어렵다면 그칠 때까지 가만히 있기라도 하는 거다. 슬픔 이 잠시나마 보송해질 때까지. 정현종 시인이 「그 여자의 울음은 내 귀를 지나서도 변함없이 울음의 왕국에 있다」라는 긴 제목의 시에서 고백하듯이 우리가

울음을 듣는
내 귀를 사랑

하기를.

(((

(아이의 말을) 들어 주는 것이 상입니다.
감동하는 것은 더 큰 상입니다.

박문희, 『들어주자 들어주자』
(지식산업사, 1998)

"세상에나, 넌 아주 입을 다물지 못하는 아이구나. 어린아이가 웬 말이 그렇게 많니?"

빨간 머리 앤을 입양한 마릴라의 반응에 실소를 흘린다. 발동이 걸렸다 싶으면 다음 페이지로 넘어갈 때까지 멈추질 않는 앤 아닌가. 이게 책이니까 마릴라의 타박을 웃어 넘기지만 현실에서 대놓고 그러면 애 주눅 들기 딱 좋다.

쓸데없는 말 하지 말고 조용히 있으라 합니다. 학교에서는 산만한 아이라 몰아붙이고, 집에서는 웬 말이 그리 많냐고 합니다. 그래서 할 말도 망설이고 눈치 봐 가며 합니다. 그러면 또 어른들은 답답해서 못 봐줍니다. "똑똑히 빨리빨리 말해." 언제 말할까 하다가 아침에 말하면 "왜 이리 바쁜 아침에 말해?" 그래서 저녁에 말하면 "오늘은 너무 피곤하니까 내일 말해." 그저 가르치는 것을 조용히 집중해서 배워야만 최고라고 합니다.

마주이야기(대화) 교육 입문서 『들어주자 들어주자』를 쓴 박문희 선생님은 들음을 으뜸으로 삼는 교육을 수십 년간 해 왔다. 선생님은 "가르치려고만 하는 교육은 아이들이 하고 싶은 말을 막고 무조건 들으라고만 하는 교육"이라며 "아이들이 보고 듣고 느끼고 경험하고 생각한 것들을 말로 쏟아 낼 수 있는 교육이 참된 교육"이라고 역설한다. 일례로 아이의 말대꾸는 버릇없음이 아닌 "아이가 싱싱하게 자란다"는 증거다. "아이의 말을 잘 들어주면 아이의 마음을 청소해 주는 것"이라는 선생님의 말씀에 네 아이의 아비인 나를 돌아본다. 부끄럽다. 다짐하듯 책 제목을 나지막이 되뇐다. 들어 주자. 들어 주자.

(((

아이의 말을 비판 없이 들어 주면
제일 먼저 방어적인 태도가 사라진다.

송지희, 『듣는 엄마 말하는 아이』
(21세기북스, 2010)

우울증과 공황장애로 하루하루가 힘에 겨운 시절, 당시 중학생이던 큰애가 긴한 부탁을 했다. 숨쉬기도 버거운 와중에 나름대로 최선을 다했다. 하지만 상태가 상태인지라 기대에 충분히 부응하지 못했고 아이는 심한 짜증을 냈다. 섭섭했던 나는 받아쳤다.

"동생들은 몰라도 너는 아빠가 우울증이라는 걸 알잖아. 아빠가 쉽지 않은 상황에서도 최선을 다하는 걸 너도 봤잖아. 그런데 꼭 그렇게 화를 내야겠니? 실망스럽더라도 '아빠가 저런 상태에서도 내 부탁을 들어주려고 애를 썼지'라고 이해해 주면 안 되니? 너만 생각하는 건 이기주의 아니냐!"

나는 상담 샘이 내 편을 들 줄 알고 아들과 나 사이의 일을 꺼냈다. "총님은 항상 상처 준 사람들 입장에서 말하네요"라며 자기감정을 먼저 살피라고 한 분이니까. 상담을 받은 지 1년이 지난 어느 날, 우울증을 촉발한 이들이 눈앞에 있으면 어떻게 하고 싶으냔 말에 칼로 찔러 버리고 싶다고 하고선 '대체 내가 무슨 말을 한 건가' 싶어 고개를 숙이자 "드디어 총님이 자기감정에 충실해졌군요!" 하며 환히 웃던 분 아닌가.

예상과 달리 상담 샘은 아들을 두둔했다. 아들도 자신의 실망을 충분히 확인한 다음에야 아빠 입장에서 서야 한다고 했다. 돌아보니 나는 평생 '남을 먼저 생각하라'는 도덕적 굴레로 자신을 억압했고 자식에게도 부모를 먼저 생각하지 않았다며 비난했다. 다행히 지금은 다르다. 우울증에 걸린 아빠를 배려하기보다 자기 실망감을 먼저 배려한 큰애가 고맙다.

일본의 육아상담사 와쿠다 미카는 아이가 "싫어!" "안 돼!"라고 한다면 잘 자라고 있다는 뜻이라고 했다. 어른도 마찬가지다. 'No'라고 말할 수 있는 가정과 일터가 건강하다.

(((

만약 부모가 진심으로 아이의 얘기를
들으려면 다른 모든 일을 제쳐 놓아야
한다. 진심으로 들으려면 그 시간을
오로지 아이에게만 바쳐야 한다. (……)
아이 말을 참으로 들어 주려면 진정한
사랑에서 우러나온 노력이 필요하다.

M. 스캇 펙, 『아직도 가야 할 길』
(최미양 옮김, 율리시즈, 2011)

026

쉼 없이 말질을 해 대는 여섯 살 아이를 부모는 어떻게 대해야 할까. 스캇 펙은 객관식을 사랑하는 한국인을 위해 다섯 가지 보기를 제시한다. 첫 번째는 조잘거림을 금지하기. 두 번째는 재잘거리도록 방관하고 듣지 않기. 세 번째는 듣는 척하기다. 중간에 적절하게 맞장구를 쳐 주면서. 네 번째는 선택적으로 듣기다. 쓸데없는 말은 버리고 중요한 내용에는 귀를 쫑긋 세운다. 마지막 다섯 번째는 아이의 모든 말을 정성을 다해 듣기다. 이 다섯 가지 방법은 뒤로 갈수록 점점 더 큰 에너지를 요한다.

음, 결국 마지막 방법이 최고라는 거로군. 그런 내 예상과 달리 스캇 펙은 자신이 부모에게 항상 다섯 번째를 권할 줄 알았다면 순진한 노릇이라고 말한다. 여섯 살 난 아이는 대개 말이 많은 편이라 부모가 모든 말을 경청하려면 지쳐서 다른 일을 할 수 없을뿐더러 상상 이상으로 지루하다고 하는 대목에선 웃음이 터진다. 정답은 다섯 가지 방법을 균형 있게 활용하는 것.

우선 아이의 말을 제지하는 건 바람직하지 않지만 드물게는 필요하다. 악의적인 말을 할 때다. 듣는 이 없이 아이 혼자 말하도록 둬야 할 때도 있다. 조잘거리는 데 재미를 느낄 땐 상대의 반응이 필요 없다. 되레 방해가 된다. 아이는 진지한 대화가 아닌 친밀감을 원해서 말하기도 한다. 그럴 땐 들어 주는 척을 해서 '함께 있다'는 느낌만 줘도 충분하다. 중요한 말에만 집중하는 선택적 경청도 유용하다. 아이 역시 선택적으로 대화하기에 부모가 선택적으로 듣는 것을 이해한다. 아이들 스스로도 대화에 들락날락하기를 좋아하니까. 마지막은 집중도 높은 경청이다. 매 순간 이를 요구한다면 대단한 노력이겠지만 여섯 살 아이가 제대로 들어 주기를 바라는 것은 작은 부분에 지나지 않는다.

(((

최고의 반열에 오른 사람들의 능력은
타고난 것이 아니다. 그들은 오랜 시간
공을 들여 참을성 있는 '귀'를 만들었다.

버나드 페라리, 『리슨! 5분 경청의 힘』
(장세현 옮김, 걷는나무, 2012)

나는 후천이란 말에 끌린다. 선천, 생득, 천부라고 하면 소수의 선택받은 자에게만 대관식을 베풀기 때문에 나 같은 범인凡人에게 일말의 가능성이라도 남기는 후천성이 반갑고 고맙다. 다행히 타고나지 않아도 노력으로 이룰 수 있는 것이 적지 않은데 경청이 대표적이다. 미국 최고의 경영 컨설턴트로 불리는 버나드 페라리는 '참을성 없는 귀'도 꾸준히 훈습하면 '참을성 있는 귀'로 거듭난다고 격려한다.

페라리는 듣기 훈련의 하나로 상대방의 "이야기가 끝나더라도 즉각 끼어들지 말고 5분만 침묵하라"고 권면한다. 이는 말상대가 남은 이야기를 다 꺼내도록 기다려 주는 배려다. 그러면 "기대하지 않았던 새로운 아이디어나 통찰이 담긴 발언이 튀어나오고 미처 헤아리지 못했던 상대의 진심을 눈치챌 수도 있는 순간"이 보상으로 주어진다.

5분까진 바라지도 않는다. 5초나 10초만 기다려도 그의 진심이 남았음을 알게 된다. 방송에서 5초 이상의 침묵은 방송사고지만 대화는 방송이 아니다. 상대가 이야기를 다 한 것 같아도 실은 진짜 하고 싶은 말이 바로 뒤에 대기 중일 때가 적지 않다. 상대의 말이 끝나기 무섭게 내가 입을 열면 그 사람이 정말 하려는 말을 못 듣는다.

마주 앉은 이가 이야기를 마치면 이제 내 차례구나 하면서 곧장 입을 열지 말고 기다림을 추가로 선물하라. 못다 한 이야기와 거기에 묻은 감정을 마저 꺼내도록 배려하라. 그가 에필로그까지 마무르도록 해 주라. 더 깊은 이야기, 혹은 완전히 다른 이야기를 듣게 될 것이다.

(((

청자가 보여 주는 습관적인 미소,
기습적인 질문, 들떠 있는 기분 등은
상대방의 말보다는 자신이 괜찮은 청자로
평가받는 것에 더 관심이 있다는 사실을
은연중에 드러내는 행위다.

마이클 니콜스, 『듣는 것만으로 마음을 얻는다』
(이은경 옮김, 한국경제신문사, 2016)

이 책을 쓰면서 좋은 경청자가 되려고 노력했다. 한번은 내가 생각해도 참 잘했다 싶었다. 상대가 말하는 중간에 꼭 짚고 싶은 대목이 있었으나 끝날 때까지 끼어들지 않았다. 그가 말을 마치고 침묵이 흘렀으나 곧장 배턴을 넘겨받지 않고 5~10초쯤 기다렸다. 그랬더니 상대가 진짜 하려는 말이 그때 나왔다. 대화 내내 눈맞춤도 적절했고 맞장구도 제법 세련되게 놓았다. 내가 던진 질문도 괜찮았고 표정과 몸짓까지 뭐 하나 빠진 게 없다고 자평했다.

기분 좋게 헤어져서 집에 왔다. 그에게 꼭 다시 만나고 싶다는 전갈이 왔다. 기분이 으쓱했다. 훗, 경청을 인정받은 느낌이랄까. 그 뒤로 몇 번에 걸쳐 그의 이야기에 귀 기울였음에도 친밀감이 크게 늘지는 않았다. 뭐랄까, 마음과 마음이 연결되지 않는달까.

이상했다. 잘 들어 주면 사람을 얻는다고 했는데? 그런 거창한 것까진 됐고, 왜 그 사람 마음에 가닿지 못할까? 의아했다. 그러던 어느 날 내가 보였다. 나의 듣기는 흠잡을 데 없었지만 상대에게 참된 관심을 갖기보다는 내가 탁월한 경청자가 되는 것에 관심을 가졌다. 달리 표현하면, 나는 상대의 말에 진심이 아니라 상대의 인정에 진심이었다. 강단에 설 때 청중의 삶에 진심이기보다 좋은 강사로 인정받는 것에 진심인 내 모습도 언뜻 보였다.

누군가가 말했다. 나는 누군가의 호응을 바라고 노래하지 않는다, 단지 불러야 할 노래가 있기에 노래한다고. 앞으로 살아가면서 이렇게 말할 수 있으면 좋겠다. "나는 누군가의 칭찬을 바라고 경청하지 않는다. 단지 들어야 할 이야기가 있기에 경청한다."

((　(

말하지 않은 슬픔이 얼마나 많으냐
말하지 않은 분노는 얼마나 많으냐
들리지 않는 한숨은 또 얼마나 많으냐

정현종, 「말하지 않은 슬픔이」, 『견딜 수 없네』
(문학과지성사, 2013)

슬픔을 다 토하며 사는 이가 몇이나 되겠는가. 분노를 다 게우며 사는 이가 얼마나 되겠는가. 대부분 가슴이 아주 망가지지 않을 정도로만 누설하며 살지 않겠나. 미처 꺼내지 못한 슬픔과 분노가 모든 가슴에 서려 있다. 그런 걸 조금은 헤아릴 수 있다면 지껄이는 모든 입과 말이 견딜 만할 거라는 시인의 말에 동의한다.

이 시를 읽을 적마다 이런 기도를 올리게 된다. 이뤄질까 봐 두려워하면서도 감히 이렇게 비손한다.

말하지 않은 슬픔을 헤아리게 하소서.
말하지 않은 분노에 감응하게 하소서.
들리지 않는 한숨을 경청하게 하소서.

『맥베스』 4막 3장. 맥더프는 맥베스에게 아내와 자식을 무참히 잃는다. 셰익스피어는 그런 맥더프에게 맬컴의 입을 빌려 권한다. "슬픈 말이라도 하세요. 말하지 않은 슬픔은 / 괴로운 가슴에 속삭여 그것을 갈기갈기 부숴 버리니까요."

슬픔을 말하라는 입, 슬픔을 듣겠다는 귀, 슬픔을 안아 주겠다는 손이 그리운 시대다.

((　(

CEO의 연봉이 왜 그렇게 높은지 묻는
사람들이 있다. 나는 경청의 스트레스에
대한 보상이라 생각한다. 위로
올라갈수록 아랫사람의 말을 귀 기울여
들어야 하는 경청의 괴로움이 만만치
않다. 하지만 그럼에도 불구하고 나는
대화의 3분의 2를 듣는 데 투자한다.

고위경영자가 받는 연봉이 지나치게 높다고 생각한다. 미국을 예로 들면, 매출규모 350위 이내 기업의 CEO와 근로자의 평균 연봉은 303배나 차이가 난다. CEO의 연봉은 지난 36년 동안 997퍼센트 올랐지만 근로자의 연봉은 10.9퍼센트 상승에 그쳤다. 미국의 싱크탱크인 경제정책연구소(EPI)의 로런스 미셸 소장은 CEO의 연봉 증가 추세가 능력을 반영한 게 아니라 "자기 연봉을 결정하는 데 더 많은 권력을 지니고 있기 때문"이라고 저격한다.

그런데 P&G 회장 A.G. 래플리가 말한 대로 고액 연봉을 경청에 대한 보상으로 보면 내 마음이 약간은 누그러진다. 직급이 높아질수록 부하 직원의 말을 경청하는 괴로움도 비례해서 커진다. 그럼에도 래플리는 대화의 3분의 2를 듣는 데 할애한다. 선마이크로시스템스 창업자 스콧 맥닐리도 자기 봉급의 40퍼센트는 경청의 대가라고 밝힌다. GE 회장 제프리 이멜트 역시 직급이 높고 나이가 많을수록 입은 닫고 귀를 열어야 한다며 입을 모은다.

10년 가까이 글쓰기 교실을 하면서 생계를 꾸렸다. 내가 받는 수강료는 강의와 첨삭의 품삯이라고 여겼다. 그런데 시간이 갈수록 글벗님들이 쓴 글을 꼼꼼하게 읽으며 그들의 목소리에 공감하는 대가임을 깨닫는다. 나는 월급을 안 받는 자비량 목회자이지만 목사가 교회에서 받는 사례비 역시 설교나 행정을 감당한 대가라기보다는 교우의 말을 들어 주는 대가 같다. 교회 규모가 커질수록 담임목사는 설교자로만 남고 성도의 삶에 귀 기울이는 일은 부목사들 몫이 되는데, 교우들의 육성을 직접 듣고 교감하는 목사가 복이 있다.

(((

사람들이 마음에 상처를 입었을 때
자신의 이야기에 진심으로 귀를 기울이고
공감해 주는 사람을 만난다면 상처를
스스로 극복하는 용기를 낼 수 있다.

조우성, 『내 얘기를 들어줄 단 한 사람이 있다면』
(리더스북, 2013)

변호사를 주인공으로 한 드라마 탓일까. 변호사라고 하면 영민한 두뇌 싸움과 똑 부러진 말솜씨가 먼저 떠오른다. 그러나 조우성 변호사는 "변호사라는 직업에 요구되는 가장 본질적인 덕목은 무엇보다 '잘 듣는 것'"임을 일찌감치 간파했다. 오랜 세월 같은 일을 하다 보면 의뢰인의 구구절절한 사연에 사무적이기 쉬울 텐데 다음과 같은 초심을 간직하다니 놀랍다.

> 저마다의 사연과 상처를 안고 있는 이들이 마지막으로 변호사를 찾는 이유는 궁극적으로 동일하다. 바로 자신의 고통에 공감해 줄 누군가를 애타게 찾는 것이다. 사람이 법에 기대어 법정을 찾게 되는 때는 (…) 가장 힘겨운 시간을 경험하고 있을 때다.

의뢰인의 말을 잘 들어 주면 "분노를 품고 소송의 문턱까지 찾아온 이들의 마음을 풀어 주고 '용서'를 싹 틔우"는 아름다운 일이 벌어진다. "승소를 해도 치유를 못 받는 사람이 있고, 패소를 해도 행복해하는 사람이 있"는 역설은 그렇게 탄생한다.

'법복 입은 치유사'로 불리는 미국의 로즈마리 아킬리나 판사는 150명이 넘는 체조선수를 성폭행하고 성추행한 팀 닥터에게 175년 형을 선고했다. 아킬리나 판사는 선고에 앞서 피해자들의 말을 무려 7일 내내 들어 주었다. 진술마다 부드러운 눈빛과 위로의 말로 일일이 반응한 그는 선포한다. "여러분은 더 이상 '희생자'victims가 아니라 '생존자'survivors입니다. 여러분은 매우 강한 사람들입니다." 일약 스타로 부상한 그가 대중의 주목을 노렸다는 비판도 있지만, 피해자들의 탄식을 경청하고 눈물에 공감한 것은 누구도 폄하하지 않는다.

(((

(세종대왕은) 매일 2시간씩
백성의 이야기를 듣는 '구언' 시간을
따로 정하여 민의에 귀 기울이고
이를 국정 운영에 적극 활용했습니다.

조병인, 『세종식 경청』
(문우사, 2016)

032

세종대왕 전문가인 박현모 교수에 따르면, 세종이 즉위하자마자 처음 한 말, 즉 취임 일성은 "의논하자!"였다. 세종은 임금과 신하가 책을 읽고 국정 운영을 토론하는 자리인 경연經筵에 월 평균 6번이나 참석하여 '토론의 군주'로 불렸다. 『세종실록』에는 세종이 신하들에게 "~ 하려고 하는데 어떨까?"나 "어찌하면 좋을까"와 같은 기록이 숱하다고 하니 과연 들을 줄 아는 분이다. 이뿐 아니라 백성의 이야기를 듣는 '구언'求言 시간을 매일 2시간씩 가졌다니 '경청의 군주'라 불림에 손색이 없다. 『세종식 경청』에는 경청의 대가 세종의 모습이 다음과 같이 요약되어 있다.

방방곡곡의 가정, 마을, 고을, 저자, 학당, 병영, 관아를 비롯하여 죄수들을 가둔 옥獄 안까지 화기和氣를 불어넣을 방도를 널리 묻고 두루 찾아다녔으며(광순박방廣詢博訪), 매사를 충분히 물어보고 나서 추진하였다(광순시행廣詢施行). 잘못을 지적하면 곧바로 고치고 사람들의 말을 귀담아들었으며(간행언청諫行言聽), 방법과 도리를 물어서 즐겁게 취하였다(순모낙취詢謨樂取). 편견과 고집을 버리고 충언을 따랐으며(허금납충虛襟納忠), 널리 물어서 가운데를 취하여(주자용중疇咨用中), 산적한 난제들을 순차로 풀었다.

600년 전의 군주가 저렇게나 민심에 귀문을 넓혔다니 거듭 경탄한다. 국뽕이 아니라 세종대왕은 전 세계 어디에 내놓아도 자랑스럽다.

((　(

지금의 나를 가르친 것은
내 귀였다.

들어야 배운다. 지극한 이 상식을 얼마나 지키지 않으면 달라이 라마가 이렇게 말했을까. "당신이 말을 할 때 당신은 이미 알고 있는 것들만 이야기합니다. 하지만 당신이 경청할 때는 당신이 몰랐던 새로운 것들을 배우게 됩니다." 똑같은 말을 한 셀럽이 한 트럭은 된다. 넬슨 만델라는 "말하고 있을 때는 아무것도 배울 수 없다. 오늘도 많은 것을 배우기 위해서는 그저 상대의 말을 경청하는 것뿐이다"라고 했고, 토크쇼의 제왕 래리 킹은 "나는 아침마다 나 스스로에게 상기시킨다. 오늘 내가 말하는 것 중 나를 가르쳐 주는 건 아무것도 없다고. 그래서 만약 내가 배우고자 한다면, 나는 반드시 경청을 통해 배운다고"라고 했다.

지면 부족으로 더 옮기지 못할 뿐 이런 격언은 차고 넘친다. 자기 이름도 쓸 줄 몰랐던 칭기즈칸은 "배운 게 없다고 탓하지 말라"며 "남의 말에 귀 기울이며 현명해지는 법을 배웠다"는 말로 위대한 정복자가 된 비결을 밝혔다.

말하기의 유익이 없지는 않다. 우리는 말하면서 생각을 정리하고 새로운 발상도 떠올린다. 하지만 이는 누군가 잘 들어 주는 사람이 있어야 가능하다. 내 말을 겉듣는 사람 앞에서 정성껏 떠들어 봐야 칼로리 낭비일 뿐이다. 우리가 잘 들으면 듣는 나는 새로운 배움을 얻고, 말하는 너는 자기 문제를 풀 통찰을 얻는다. 아무리 윈윈을 추구하려고 해도 제로섬 게임이 판을 치는 세상이다. 그런 세상에서 듣기만큼 완벽한 윈윈이 있을까.

((　(

귀로 듣고 이해한 세상은 눈으로만 보고
이해한 세상과는 판이할 수밖에 없다.
귀를 기울임으로써 우리는 과거 인류의
삶을 주관적인 측면으로나 사회적인
측면으로나 더 실감 나게 이해할 수 있다.

데이비드 헨디, 『소리의 탄생』
(배현·한정연 옮김, 시공사, 2018)

034

여기는 만원 전철 안. 내릴 때가 됐는데 앞이 꽉 막혔다. "좀 내리 겠습니다." 앞사람에게 양해를 구했는데 아무 반응이 없다. 고 개를 옆으로 빼서 보니 아니나 다를까 이어폰을 꼈다.

소니가 1970년대에 내놓은 워크맨에 이어 휴대용 CD플레이 어, mp3플레이어, 스마트폰에 이르기까지 이들 기기는 우리 삶 에 중대한 변화를 가져왔다. 눈이나 입과는 달리 귀는 손을 사용 하지 않고서는 스스로 여닫을 수 없다. 이것은 우리가 원하는 소 리만 아니라 주어진 소리를 들어야 하는 수동적인 존재임을 보여 준다. 귀에 대한 즉각적인 통제력을 행사할 수 없는 인간은 발을 사용하여 그러한 수동성을 극복하려고 했고, 주위 환경을 원하 는 대로 바꿀 돈과 힘을 가진 이들은 자리를 뜨지 않고도 원하는 소리로만 귀를 채웠다. 그런데 이제는 기술의 발전에 힘입어 얼 마간의 돈을 지불하면 자신의 귀에 통제권을 획득하게 됐다.

출퇴근을 포함해 적잖은 시간을 이어폰을 낀 채로 세상을 경 험하는 시대다. 하지만 눈으로만 보는 세상은 귀로 듣는 세상과 다르다. 내 경험상 무심코 귀에 찔러 넣은 이어폰은 습관적으로 귀를 향하고, 귓바퀴에 한번 둥지를 튼 이어폰은 그곳이 아늑한 지 좀체 빠져나올 생각이 없다. 그 결과 하굣길 학생들이 삼삼오 오 재잘대는 소리, 재래시장의 상인들이 흥정하는 소리, 저녁 길 섶의 풀벌레 노랫소리를 듣지 못한다면 사는 재미도 놓치고 이웃 과 자연을 향한 정도 사라질 것이다. 귀에 달라붙은 헤드폰 때문 에 누군가가 나의 도움을 바라며 '저기요' 하고 묻는 소리, 생활 고에 시달리는 부모의 한숨 소리, 원통함을 풀어 달라 부르짖는 약자의 소리를 듣지 못할까 두렵다. 세상은 귀로 들어야 보인다.

(((

그때, 서로의 목소리를 들을 수 있었다면
얼마나 좋았을까. 지금은 알 것 같아. 너의
목소리. 너와 나, 친구가 될 수 있을까?

오이마 요시토키, 『목소리의 형태』
(대원씨아이, 2015)

그때 서로의 목소리를 들을 수 있었다면 얼마나 좋았을까. 지난날을 돌아보며 듣지 못해서 후회하는 사람이 나만은 아닐 것이다. 우리는 모두 듣지 못한 날을 후회한다. 한때 나의 소리로 가득 차서 너의 소리가 안 들리더라도 시간이 지나면 들리는 날이 온다. 그러니 소중한 사람이라면 듣기를 포기하지 말라.

일본 만화 『목소리의 형태』에서 6학년 개구쟁이 쇼야는 같은 반 청각언어장애인 쇼코에게 평생 잊지 못할 상처를 가한다. 시간이 흐르고 고등학생이 된 쇼야는 용기를 내어 쇼코를 찾아가 진심으로 용서를 구한다. 그는 감히 쇼코의 친구가 되기를 청하는데 이 작품에서 친구가 된다는 것은 목소리를 듣는 것의 동의어나 마찬가지이다.

구약성경 영역본(NAB)을 보면 『집회서』 25장 9절에 "Happy is he who finds a friend and he who speaks to attentive ears"라는 구절이 나온다. 직역하면 "친구를 찾아서 경청하는 귀에 말하는 사람은 행복하다"인데 여기서 친구는 곧 '듣는 귀'를 가리킨다. 친구를 정의하는 방법은 친구를 맺는 방법만큼이나 다양하겠지만 듣지 않는 사람은 친구가 아니다. 관계가 깨질 때 단골로 등장하는 멘트는 단연 이 말이 아닌가. "너는 내 말을 안 들어."

귀를 기울이자. 살며시, 영원히.

『목소리의 형태』의 홍보 문구인 이 문장만큼 우정을 잘 표현한 말이 있을까. 우정은 표내지 않고 살며시 들으며, 일시적이지 않고 영원히 듣는다.

((　(

김교수님이 새로운 학설을 발표했다.
소리에도 뼈가 있다는 것이었다.
(……)
한 학기 내내 그는
모든 수업 시간마다 침묵하는
무서운 고집을 보여주었다.
(……)
그 다음 학기부터 우리들의 귀는
모든 소리들을 훨씬 더 잘 듣게 되었다.

기형도, 「소리의 뼈」, 『입 속의 검은 잎』
(문학과지성사, 1989)

전철에서 핸드폰 하는 사람밖에 없는 세태를 탄식하지만 나는 스마트폰이 있어서 고맙다. 고단한 출퇴근길에 스마트폰을 쥐고 웃는 사람들을 모습을 보면 스티브 잡스한테 상이라도 주고 싶다. 하지만 스마트폰 옹호자인 나도 침묵의 사멸은 안타깝다. 손안의 만능기기 덕/탓에 다음 열차가 오길 기다리는 1분간에도 뭔가를 보고 듣는다. 내 삶에 고요함이 번식할 서식지가 사라졌다.

미국의 목사 릭 워렌은 말한다. "우리가 가진 대부분의 문제는 우리가 조용히 있지 못하기 때문에 생긴다. 우리는 침묵하는 법을 알지 못한다." 기독교를 비난하기는 쉬워도 이 말에 반박하기는 어려울 것이다. 실제로 하루 24시간 중에 단 10분도 고즈넉한 시간을 못 갖는 이가 태반이다. 불멍이나 물멍이 각광받는 것은 이런 현실의 반작용일 터이다.

다음에 옮겨 둔 김화영 선생의 아름다운 문장을 읽으면 일상에서 만나는 고요함을 사랑하게 될 것이다. 내면이 다소곳해지는 시간을 즐기다 보면 머잖아 침묵의 소리가 들릴지도 모른다.

단정한 레이스 커튼 사이로 내다보이는 숲과 잘 정돈된 넓디넓은 풀밭, 그 속에 고여 있는 춥지도 덥지도 않은 맑은 공기, 촘촘한 체로 걸러 놓은 것 같은 오후의 여린 빛, 그리고 적요. 아내는 작은 탁자 앞의 의자에 앉고 나는 침대 위에 앉아 그 창밖 풍경을 무연히 내다본다. 마음속이 투명해지고 전에 들리지 않던 침묵의 소리가 눈과 귀를 가만히 쓰다듬는다. 좀처럼 경험하기 어려운 이 예외적인 균형의 감각. 오래 길들여 입어 온 품이 넉넉한 옷처럼, 내가 나의 삶과 잘 들어맞으니 편안하다는 느낌. 내 일생의 한 순간이 무한처럼 넓어진다. ─『여름의 묘약』

(((

흑인의 암흑 같은
절망 소리를 들어 보세요!

랠프 엘리슨, 『보이지 않는 인간 1』
(조영환 옮김, 민음사, 2022)

037

나는 보이지 않는 인간이다. 아니, 그렇지만 애드거 앨런 포를 사로잡은 유령이나 할리우드 영화에 나오는 심령체 같은 존재라는 말은 아니다. 내가 보이지 않는 이유는 사람들이 나를 보려고 하지 않기 때문이다.

랠프 엘리슨의 소설 『보이지 않는 인간』은 이렇게 시작한다. 인종분리법인 짐 크로 법 시절의 흑인만이 아니다. 예나 지금이나 미국이나 한국이나 사람들이 보려고 하지 않는 이들이 있다. 그들은 "여기에 사람이 있다!"는 사실을 어떻게 드러낼까? 다행인지 불행인지 억압받는 이들은 소리를 낸다.

소리는 대기를 통해 자유롭게 이동하며 형태가 없어서 온전히 제어하거나 억압하기 어렵다. 소리가 사회변혁과 혁명의 필수요소였던 까닭이다. 데이비드 헨디는 『소리의 탄생』에서 "민주주의는 늘 어느 정도는 청각적인 투쟁이었다. 스스로 선택한 방식으로 자기 소리가 들리도록 하는 투쟁"이라고 간파한다.

민주시민이라면 평소 눈에 뜨이지 않는 이들이 생계를 접고 나와 목소리를 낼 때 들어 줘야 할 의무가 있다. 그들의 신음과 탄식을 들을 때 그동안 보이지 않던 그들이 우리의 삶을 지탱해 주고 있음이 보이기 시작한다. 우리 사회의 뿌리를 담당하는 분들이 잘 포착되지 않는 낮은 주파수로 우리 모두를 대변하고 있음을 깨닫기 시작한다.

불가시성은 가청성可聽性으로 극복된다. 다른 건 몰라도 보이지 않는 이들이 신음을 내면 가던 길을 멈추고 들어야 한다. 그러지 않으면 당신이 외칠 때 들어 줄 사람이 없을 것이다.

((　(

발음 공부, 즉 '소리 내기' 활동에 더해
'소리 느끼기' 활동에 주목합니다. (……)
자음과 모음을 구별하는 일을 넘어 소리의
성질 자체에 집중하는 듣기를 실시합니다.
(……) 언어를 배우는 일은 언제나 소리에
감응하는 일임을 기억합니다.

김성우, 『단단한 영어공부』
(유유, 2019)

'경청'을 염두에 두고 검색창에 '듣기'를 입력하니 영어 듣기 자료가 쏟아진다. 듣기가 곧 영어 리스닝일 정도로 영어가 권력이 된 세상이 마뜩잖지만, 외국어 습득은 다른 세계를 접하게 하고 나를 타자의 위치에 세우는 유익한 활동이다. 노년에 외국어 단어를 몇 개씩 외우면 치매 예방에 특효다.

외국어를 잘 말하려면 듣기, 특히 소리의 성질을 느끼는 수준의 섬세한 듣기가 요구된다. 나는 30대를 영어권 국가에서 보냈는데 원어민의 말투를 잘 흉내 낸 덕에 현지인이란 오해를 사기도 했다. 실제로 성대모사나 사투리에 능한 사람이 외국어에도 능하다.

안 그래도 차고 넘치는 영어학습법에 굳이 말을 보탤 생각은 없다. 다만 『단단한 영어공부』의 저자가 피력한 영어공부의 미학에 가슴이 뛰어 독자들과 공유하고 싶다.

다른 사람이 하는 영어를 못 알아들을 때 '말하려는 바를 제대로 이해하고 싶다'며 귀를 쫑긋 세우는 경청. 손짓 발짓을 통해 소통하려는 사람 앞에서 '내가 어떻게 도우면 상대가 하고 싶은 이야기를 온전히 꺼내 놓을 수 있을까?'라고 궁리하는 태도. '짧은 영어'에 가려진 '긴 이야기'에, '알아듣기 힘든 발음'에 가려진 '말하는 존재'에 주목하는 모습이 아름답습니다.

우리가 이런 아름다움에 젖는다면, 영어가 "절대 도달할 수 없는 그들의 언어"나 "특권부여와 구별짓기의 언어"가 아니라 "성찰과 소통, 연대를 위한 우리 삶의 언어"가 되고 "삶을 풍성케 하는 가능성의 언어"가 될 수 있으리라.

(((

상대의 이야기를 경청하다가 감탄할 만한
대목에서는 몸을 앞으로 내밀거나 의자를
당겨 앉는다.

기무라 다카시, 『애써 말 걸지 않아도 대화가 끊이지 않는 법』
(이혜윤 옮김, 위즈덤하우스, 2018)

'경청'의 한자를 곰파 보자. 먼저 경은 '기울 경'傾이다. 들을 때는 몸을 앞으로 기울여서 들어야 한다. 이는 당위가 아니다. 공감하며 들으면 몸이 말하는 사람 쪽으로 자연스레 기울어진다. 그럼에도 다음 요령을 기억하면 도움이 된다.

귀로는 집중해서 듣는다 한들 몸을 의자 등받이에 비스듬히 기댄다면 상대방과 물리적 거리가 벌어지고 물리적 거리는 곧 심리적 거리가 된다. 반면에 몸을 너무 앞쪽으로 쏠리게 해서 공간을 지우는 것도 상대에게 부담감을 준다. 전문가들은 기울기 각도로 15도가 적당하다고 조언한다.

다음은 '들을 청'聽이다. 이 복잡한 한자를 파자破字 하면 정녕 놀랍다. 듣는다는 것은, 상대방을 임금王처럼 여겨 귀耳를 기울이고 열十 개의 눈目을 가진 듯 상대를 응시하되 하나一의 마음心으로 듣는 것이다. 이 한 글자에 듣기의 모든 것이 담겨 있다.

정리하면, 경청의 '경'은 몸의 기울임을, '청'은 마음의 기울임을 이른다. 고쳐 말하면 '경'은 듣는 이의 몸가짐을, '청'은 듣는 이의 마음가짐을 뜻한다.

(((

너와 나는 오직 온 존재를 기울여서만
만날 수 있다.

마르틴 부버, 『나와 너』
(표재영 옮김, 문예출판사, 2001)

마르틴 부버에 따르면 이 세상에 독립된 '나'는 없다. 나는 오직 '나 – 너' 혹은 '나 – 그것'의 '나'로 존재할 뿐이다.

장자는 "귀만 기울여 듣지 말고 마음을 기울여 들으라"고 하였다. 거듭 말하거니와 존재를 기울여야 경청이 가능하고, 존재를 기울여야만 나와 너의 만남도 가능하다.

냉혹하게 말하자면, 경청하지 않는 사이는 '나 – 너'의 관계가 아니라 '나 – 그것'의 관계에 불과하다. 경청이 결여된 사이는 비인격적인 관계요, 사물과 맺는 관계라고 해도 틀리지 않다.

"너와 나는 오직 온 존재를 기울여서만 만날 수 있다." 이 위대한 선포가 경청을 가리키는 것이 아니라면 대체 무엇이란 말인가.

(((

'듣는 힘'이란 인간이 행복하게
살아가는 데 필수 불가결한 능력이라고
할 수 있다.

시부야 쇼조, 『경청 심리학』
(채숙향 옮김, 지식여행, 2014)

인류의 숫자만큼이나 행복론도 많다. 사람마다 행복해지는 나름의 비결이 있겠지만 가장 확실한 행복의 길이 여기 있다. 심지어 돈도 안 들고 세금도 안 붙는다. 행복하길 원한다면 먼저 들어 주라. 듣는 힘은 인생의 가장 큰 자산이다.

이 책의 거의 모든 꼭지가 듣기가 행복을 물어다 주는 파랑새라고 직간접적으로 말한다. 그럼에도 경청이 어떻게 행복의 밑절미가 되는지 굳이 상술하자면, 고단한 생활에도 시간을 내어 성심껏 들어 주는 것보다 상대의 소중함과 꼭성스러움을 더 잘 느끼게 할 몸짓은 찾기 어렵다. 경청만큼 상대방을 추앙하는 것도 없다.

이것으로 부족하다면 경청이 이해를 선물한다고 덧붙이겠다. 삶은 해석의 연속이다. 사건이나 예술 작품만 해석의 대상이 아니다. 사람만큼 중요한 해석 대상도 없다. 나는 남을 해석하고 남은 나를 해석한다. 비극은 홍수에 마실 물이 없듯이 해석은 범람하되 이해는 고갈되었다는 데에 있다. 인간이란 몰이해로 가득한 바다에서 이해를 찾아 헤매는 비극적인 생물이다. 폴 투르니에는 『서로를 이해하기 위하여』에서 정곡을 짚는다. "적어도 한 사람에게서도 이해받고 있다는 느낌이 없다면 어느 누구도 이 세상에서 자유롭게 발전할 수 없고 충만한 삶을 발견할 수도 없다." 들어 주면 이런 이해를 안겨 준다.

자, 이 정도면 경청의 행복론으로 넉넉하지 않은가? 혹자는 행복을 주기만 하면 나는 언제 행복해지느냐고 물을지도 모르겠다. 나로 인해 행복해진 이들은 나를 가만히 두지 않는다. 꽉꽉 누르고 흔들어 넘치도록 내게 갚아 줄 것이다. 내 말도 잘 들어 줄 것이다.

(((

스님은 아무 말씀이 없으셨다. 그냥
묵묵히 식사를 하면서 그녀 앞으로 반찬을
끌어다 주기도 하고 어서 먹으라고 권할
뿐이었다. 여인은 계속해서 아들에 대한
이야기를 하고, 스님은 귀를 기울여
그 모든 이야기를 들어 주었다.

법정, 『살아 있는 것은 다 행복하라』
(류시화 엮음, 조화로운 삶, 2006)

한 여인이 아들의 49재를 마쳤다. 외국 유학을 마치고 군 입대를 준비하던 아들을 돌연한 심장마비로 떠나보낸 것이다. 눈물을 흘리진 않았지만 여인이 말하는 것은 물론 음식을 먹는 것까지 울음 그 자체였다. 류시화 시인은 내심 이제 법정 스님이 여인에게 위로의 말을 하겠지 싶어 돌아보지만 스님은 여인 앞으로 반찬을 갖다 놓으며 먹으라고 권할 뿐, 말이 없다. 여인은 아들 이야기를 계속하고 스님은 모든 것을 듣는다. 그러면서 연신 다른 반찬을 여인 앞으로 옮겨다 놓는다. 식사가 끝날 무렵, 여인의 얼굴에서 안정과 평화의 빛이 스민다. 법정 스님의 잠언집 『살아 있는 것은 다 행복하라』 엮은이 서문에 나오는 일화다.

어떻게 이런 일이 일어났을까. 류시화 시인은 곁에 앉은 이에게도 틈을 주지 않는 엄혹한 경청에 주목한다.

그때 스님은 단 한순간도 그 여인을 소홀히 하지 않았다. 사실 그 자리에는 모처럼 산을 내려온 그를 만나기 위해 여러 사람이 자리를 함께하고 있었다. 그러나 투명한 오라가 두 사람을 감싸고 있는 것처럼 그는 한순간도 그 여인에게서 눈과 귀를 떼지 않았다. 바로 옆에 앉은 나조차도 그곳에 끼어들거나 방해할 수가 없었다. 그 강렬한 집중이 아마도 그녀의 슬픔을 위로하고, 나아가 그것을 삶의 한계에 대한 이해로 승화시켰는지도 모른다.

곁에 앉은 이조차 감히 틈입할 엄두를 못 낼 만큼 배타적인, 그만큼 온전한 경청. 우리는 살면서 이런 강렬한 집중을 얼마나 받고 또 얼마나 줄 수 있을까.

(((

모든 사물의 본질을 제대로 인식하려면
'에포케'가 필요하다.

에드문드 후설
『바닥난 뇌력을 끌어올리는 생각의 기술』
(오가와 히토시 지음, 조은아 옮김, 팬덤북스, 2018)

에포케epoche. 고대 그리스 철학에서 말하는 '판단중지', 사물에 대한 선입견이나 습관적 이해를 멈추고 직관하라는 것. 이러한 태도의 전환이 선행해야 참된 철학이 가능하다고 후설은 말했다. 일찍이 스피노자는 "인식이 대상을 만든다"고 선포하여 대상이 객관적으로 존재하는 것이 아니라 선이해가 대상을 규정한다는 점을 짚었다.

인도의 철학이자 종교인 자이나교는 자기 판단의 포로가 되지 않고자 치밀한 논리를 전개한다.

옳을 수도 있다.
틀릴 수도 있다.
옳지만 틀릴 수도 있다.
판정할 수 없을 수도 있다.
옳을 수도 있지만 판정할 수 없을 수도 있다.
틀릴 수도 있지만 판정할 수 없을 수도 있다.
옳거나 틀리거나 판정할 수 없을 수도 있다.

듣는 일 역시 에포케를 반려자로 삼는다. 상대방을 빛의 속도로 판단하는 우리가 진정한 의미의 경청을 경험하려면 판단중지를 길동무로 취해야 한다. 상대방에 대한 기존의 인식에서 하차하여 새로운 사람으로 간주하는 태도의 전환이 요구된다. 이는 후설이 말했듯 개종이나 회심에 준하는 사건이다. 어디 경청만 그러하겠는가. 무엇이든 변화를 원한다면 개종을 방불케 하는 의지적 결단을 내려야 한다.

(((

올렌까에게 무엇보다 큰 불행은
어떤 일에도 자기 의견을
가질 수 없게 되었다는 점이다.

안톤 체호프, 『귀여운 여인』
(박형규 옮김, 범우사, 2001)

044

극단을 운영하는 남편을 둔 올렌까. 확신에 찬 목소리로 친구들에게 강변한다. "연극은 인간생활에서 가장 훌륭한 거란다. 사람들은 누구나 연극을 통해서만 참된 위안을 느끼고 교양 있는 인도주의적인 인간이 될 수 있는 거야."

남편을 여의고 목재상과 재혼하자 말이 바뀐다. "우리 부부는 극장에 가지 않기로 했어. 우리 같은 노동자가 그런 우스꽝스러운 구경을 하고 다닐 시간이 어디 있니? 또 극장에 다닌다 해서 이로울 것도 없잖아." 새 남편의 위엄 있는 말투까지 빼닮는다.

무슨 기구한 팔자인지 목재상 남편도 세상을 뜬다. 다음번엔 수의사 스미르닌과 사귄다. 대상은 바뀌지만 올렌까는 여전하다. 스미르닌에게 들은 지식을 자기 생각인 양 동료 수의사에게 읊는다. 스미르닌의 중학생 아들 사샤에게 모든 애정을 바칠 때에는 사샤가 학과, 교사, 교과서를 두고 한 말을 주위 사람들에게 고스란히 반복한다.

아아, 과연 올렌까는 러시아가 낳은 경청의 대가인가? 당연히 아니다. 자기 사유의 부재가 무분별한 경청과 만날 때 남의 사유를 답습하고 마는 모습의 전형이다. 다행히 올렌까는 사랑스러운 여자라 미움을 받지 않는다.

듣기는 최대한 판단을 중지할 것을 요구하지만 아무런 견해도 없이 남의 말을 재생산하는 것은 경청이 아니다. 자신의 관점을 견지하면서도 상대를 판단하지 않는 그 어딘가가 듣기가 놓여야 할 자리다.

((　(

이렇게 일러 주어도 백성은, 사무엘의
말을 듣지 않고 말하였다. "그렇지
않습니다. 우리에게도 왕이 있어야
되겠습니다. 우리도 모든 이방
나라들처럼, 우리의 왕이 우리를 다스리며,
그 왕이 우리를 이끌고 나가서, 전쟁에서
싸워야 할 것입니다."

구약성경 『사무엘상』 8장 19 - 20절

고대 이스라엘은 동네북이었다. 12지파가 모인 느슨한 연합체인 이스라엘은 정교일치 사회였다. 왕도 군대도 없었다. 반면 주변 열강은 중앙집권제를 이루고 훈련된 상비군을 보유했다. 걸핏하면 만만한 이스라엘을 도륙했다. 더는 당하고만 살 수 없던 이스라엘 백성은 최고지도자 사무엘에게 몰려가 왕정 수립과 상비군 보유를 요구했다.

사무엘은 속상했다. 이스라엘의 고난은 왕과 군대의 문제가 아니라 신의 징계였기 때문이다. 그들은 하나님의 백성으로서 정의와 자비를 추구하며 살겠노라 약속했지만 정작 하나님의 법을 버리고 풍요와 다산이라는 우상을 숭배했다. 백성은 자신들의 삶을 회개하고 돌이키는 것이 아니라 "우리도 모든 이방 나라들처럼" 왕의 지휘 아래 상비군을 갖추면 전쟁에서 승리하리라고 믿었다.

왕이 우리를 다스리게 해 달라는 백성에게 사무엘은 경고한다. 왕정을 도입하면 너희 허리는 무거운 세금에 휘고, 너희 아들은 왕을 위해 싸우다 죽고, 딸은 궁궐로 차출되어 노예처럼 부려질 거라고. 백성은 듣지 않았다. 왕이 없는 자신들이 얼마나 자유로운 삶을 누리는지 망각하고 오직 부국강병의 대열에 합류하길 원할 뿐이다. 결국 이스라엘은 왕정을 도입했다. 하나님은 자신의 백성이 정치·경제·사회·법률·문화 등 제 영역에서 구별된(거룩하다는 말이 곧 구별이란 뜻이다) 모습을 보여 주길 원했지만, 이스라엘은 도리어 다른 국가를 추종하길 원했다.

오늘날에도 마찬가지다. 자기 욕망으로 가득 찬 육체에는 무슨 말을 들이부어도 흡수가 되질 않는다. 욕망은 경청을 기각한다.

((　(

사흘 만에 성전에서 그를 찾아냈는데
거기서 예수는 학자들과 한자리에 앉아
그들의 말을 듣기도 하고 그들에게
묻기도 하는 중이었다.

신약성경 『누가복음』 2장 46절

예수는 어릴 적에 친인척과 함께 명절을 보내려고 예루살렘에 간 적이 있다. 귀갓길에 예수의 부모는 행렬에 예수가 없음을 알고 예루살렘으로 도로 가서 꼬박 사흘을 찾아 헤매다 성전에서 학자들과 토론을 벌이는 예수를 발견한다. 사람들은 예수의 슬기와 답변에 경탄한다. 하지만 예수는 말만 일삼기보다는 "그들의 말을 듣기도 하고 그들에게 묻기도 하는" 경청의 아이였다.

훗날 성인이 된 예수가 여리고라는 성을 찾는다. 당대의 떠오르는 스타 예수를 보려고 엄청난 인파가 몰려든다. 그 길에 바디매오라는 맹인 거지가 예수가 지나간다는 말을 듣고는 소리를 지른다. "다윗의 자손 예수여, 나를 불쌍히 여기소서!" 사람들이 시끄럽다며 꾸짖자 바디매오는 더 큰 소리를 낸다. 그때 예수가 어떻게 경청하는지, 경청의 열매는 무엇인지 복음서 저자는 섬세하게 포착한다.(『마가복음』 10 : 46 ~ 52)

먼저 예수는 멈춘다. 들으려면 걸음도 멈추고 일도 멈추고 생각도 멈춰야 한다. 멈추지 않고는 제대로 듣지 못한다. 둘째로 예수는 묻는다. 바디매오에게 "너에게 무엇을 해 주길 바라느냐?"고 질문한다. 경청엔 물음이 필수다. 좋은 질문을 받은 상대방은 자신의 상태를 직면하고 자신의 욕구를 파악한다. "선생님, 내가 다시 볼 수 있게 하여 주십시오." 이어지는 예수의 답변. "가거라. 네 믿음이 너를 구원하였다." 예수가 아니라 바디매오의 믿음이 그 자신을 구원한다. 셋째, 경청하면 상대가 스스로 문제를 해결한다는 점을 여기에서도 확인한다. 바디매오는 다시보게 되자 예수가 가시는 길을 따라나선다. 넷째, 경청하면 사람을 얻게 된다는 말, 이청득심以廳得心은 허언이 아니다.

(((

학교에서 가르치는 내용과 졸업 후
할 일이 꼭 일치해야 하는 것은 아니다.
그러나 학생들에게 잘 듣는 방법은 반드시
훈련시켜야 한다. 듣기를 수월하게
할 수 있게 교육하자는 것이 아니라,
잘 듣는 것이 굉장히 어렵다는 것을
알도록 하자는 것이다. 잘 듣는다는 것은
관심을 실천에 옮기는 것이고 반드시
많은 노력이 필요한 일이다.

M. 스캇 펙, 『아직도 가야 할 길』
(최미양 옮김, 율리시즈, 2011)

10년간 글선생 노릇을 하면서 글을 첨삭했다. 글에서 습관적으로 사용하는 불필요한 군더더기를 찾아낸다. 보조동사 '주다'도 그중 하나다. 이 말은 특히 공문이나 상품 설명서의 단골이다. ▲유의하여 주시기 바랍니다. ▲화기 근처에 두지 말아 주세요. ▲실온에 보관해 주세요. 모두 '주다'를 덜어 내는 편이 낫다. ▲유의하시기 바랍니다. ▲화기 근처에 두지 마세요. ▲실온에 보관하세요.

사정이 이렇다 보니 글벗들이 쓴 글에서도 "그를 도왔다"보다 "그를 도와주었다", "그에게 밥을 샀다"보다 "그에게 밥을 사 줬다", "그를 위해 기도했다"보다 "그를 위해 기도해 주었다"가 압도적으로 많이 보인다. 물론 '주다'를 꼭 써야 할 데에는 그냥 두지만 열에 일고여덟은 전자로 고친다.

아무리 좋은 말도 반복하면 보기 싫어지는 게 글의 생리라서 '주다'를 남용하지 않으려 한다. 또 뭔가 시혜적인 느낌이라 절제하는 측면도 있다. 그런데 딱 한 가지 "○○의 말을 들어 주었다"만큼은 빨간 펜으로 밑줄을 긋지 않고 그대로 둔다. '주다'의 사용을 예외적으로 허용할 만큼 듣는다는 행위는 수고롭기 때문이다.

들음은 온 마음과 몸을 써야 하는 고강도 노동이다. 그러니 '들어 주는' 게 맞다. '주다'를 써서 나를 시혜자의 위치에 올리면 상대를 수혜자의 자리로 내리게 된다는, 까다로운 내 비판 의식조차 괄호 안에 넣을 정도로 경청은 고된 일이다.

((　(

"누군가를 정말로 이해하려고 한다면
그 사람의 입장에서 생각해야 하는 거야."
"네?"
"말하자면 그 사람 살갗 안으로 들어가
그 사람이 되어서 걸어다니는 거지."

하퍼 리, 『앵무새 죽이기』
(김욱동 옮김, 열린책들, 2015)

인종차별이 만연한 미국의 1930년대를 배경으로 한 남부고딕소설이자 성장소설 『앵무새 죽이기』. 백인 여성의 성폭행범으로 몰린 흑인을 변호하는 애티커스 핀치가 아들 스카웃에게 한 이 말은 경청의 본질을 선득하게 드러낸다.

작품에서 흑인 못지않게 사람들의 편견에 시달리는 인물인 부 래들리는 그로테스크한 집에서 은둔한다. 스카웃은 항상 자기 집에서 부의 집을 보며 그를 악령으로 취급하다가 작품 말미에서야 '마침내' 부의 집 현관에 서서 자신의 집과 이웃을 바라본다. 스카웃은 부 래들리의 입장에서 그의 삶을 상상하고 그가 지금껏 베푼 선물에 보답하지 못했음을 미안해한다. 상대방의 입장이 되어야 남을 이해할 수 있다는 아빠의 말을 깨닫는 장면이다.

힐러리 클린턴과 오바마의 정신적 스승이었던 사울 알린스키는 시민사회 활동가의 교범으로 여겨지는 책 『급진주의자를 위한 규칙』에서 말한다. 누구든지 조직가의 자질 중 부족한 점이 있기 마련이지만 그래도 여전히 조직가로서 성공할 수 있다고. 다만 한 가지 자질만큼은 예외인데 그게 바로 '소통의 기술'이라고. 다음에 옮겨 놓은 알린스키의 말은 놀랍게도 『앵무새 죽이기』에서 애티커스 핀치가 한 말과 고스란히 포개진다.

사람들은 자신들의 경험에 비추어서만 사물을 이해한다. 이는 당신이 그들의 경험 속에 들어가야 한다는 것을 의미한다.

(((

나이를 더 먹을수록 말이 너무 많지 않은
이들의 말에 더 귀를 기울이게 된다.

미국의 화가 저메인 글리든

사회학자 엄기호 선생은 「제대로 늙고 싶다」는 칼럼에서 "소리를 꽥! 지르는 어른들은 많아도 나이 드는 법을 제대로 보여 주는, 따라 하고 싶은 어르신은 정말 찾아보기 힘들다"고 토로했다. 슬프게도 '노인'이라고 하면 자신의 뜻을 기어이 관철시키려 하되 남의 말은 듣지 않는 장면이 떠오른다. '우리 시대의 어른'으로 칭해진 채현국 선생은 "늙으면 지혜로워진다는 건 거짓말입니다. 농경시대의 꿈같은 소리입니다. 늙으면 뻔뻔해집니다"라고 일갈했다.

일제강점기와 6·25전쟁, 이후 유례없이 빠른 산업화와 도시화까지 전무후무한 역사를 통과한 노인들은 역경을 딛고 이 나라를 세계 10위권의 경제대국으로 세웠다는 자부심이 있다. 어쩌면 그래서일까, 자신의 경험을 절대적인 것으로 간주하고 다른 세대의 말을 듣지 않는다. 하지만 연소한 이들도 할 말은 있다. 그들은 사상초유의 IMF 사태가 터지며 가정이 해체되는 아픔을 겪었다. 이전의 누구도 겪지 않은 극심한 경쟁과 취업난에 내몰렸다. 세계 최고의 자살률과 세계 최저의 출산율은 현세대 역시 어느 세대 못지않은 엄혹한 시절을 통과하는 중임을 증명한다. 사변이 나고 정변이 터지는 것만이, 나라를 잃고 나라가 쪼개지는 것만이 훈장은 아니다. 모든 세대는 그 시대의 아픔을 앓는다.

늙으면 몸이 앞으로 굽는 건 단지 코어 근육이 부족한 탓만은 아니다. 나이를 먹을수록 아집에 빠지기 쉬우니 몸을 기울여 남의 말을 듣게 하려는 하늘의 섭리가 아닐까? 하지만 허리가 폴더폰 수준으로 꼬부라져도 자기 말만 반복할 뿐 귀만큼은 기울이지 않는 분들을 본다. 죄송하지만 노추老醜란 말이 떠오른다.

(((

노인이 되면 자신이 정말로 아는 것이
얼마나 적은지를 깨닫게 된다.
그러고 나면 많이 배우고 더 많이
들으려고 노력한다.

미국의 비즈니스 작가 존 콜린스

폴 투르니에는 『노년의 의미』에서 "노년은 오래전부터 존재했던 성향을 확대해서 보여 주는 일종의 돋보기에 불과하다"고 했다. 남의 말을 안 듣는 노인은 원래 그랬지만 사회생활을 할 때는 듣는 척이라도 했다. 그러다 은퇴하면서 이해관계가 사라지고 남의 눈치를 볼 일도 없으니 대놓고 안 듣는다.

중년이라고 해서 잘 듣는 건 아니다. 존 릴런드는 『나이 드는 맛』에서 "인생 중반을 살아가는 사람들이 인생의 전성기는 바로 중년이라고 주장하면서 젊은이들의 의견은 유치하고 어리석으며 고령자들의 의견은 노망이 나서 주절거리는 소리 정도로 치부해 버린다"고 꼬집는다. 노년이든 중년이든 '남의 말에 부드러운 귀'耳順를 지니려고 하질 않는다. 대체 왜 그럴까.

비즈니스 분야의 저자 존 콜린스가 문제의 핵심을 잘 짚었다. "노인이 되면 자신이 정말로 아는 것이 얼마나 적은지를 깨닫게 된다. 그러고 나면 많이 배우고 더 많이 들으려고 노력한다." 겸손이 관건이라는 것이다. 퓰리처상을 받은 래리 맥머트리도 같은 점을 짚는다. "노인들은 자신이 배워야 할 것이 많다는 사실을 안다. 그래서 그들은 말하는 것보다 더 많이 듣는다." 역시 겸손이다. 이러한 겸손은 무지의 자각에서 온다.

나는 잘 모릅니다. 나이를 먹는다고 이 고백이 절로 나오진 않는다. 늙는다고 다 철이 드는 것은 아니니까. 벤저민 프랭클린은 "삶이 비극인 이유는 우리가 너무 일찍 늙고 너무 늦게 철이 든다는 데 있다"고 했다. 그러니 하루라도 더 젊은 날에 나의 무지를 직면하자. "나는 아무것도 모른다. 그러나 내가 모른다는 것을 나는 알고 있다." 소크라테스처럼 '무지無知의 지知'가 경청을 출산한다.

(((

사연을 듣기 전에 대답하는 자는
미련하여 욕을 당하느니라.

한 나무꾼이 무딘 도끼날로 장작을 패느라 진이 다 빠졌다. "도끼가 더럽게 안 드네." 옆 사람이 왜 도끼날을 갈지 않느냐고 묻자 답변이 걸작이다. "날을 벼릴 시간이 없어서 장작부터 팼죠."

듣지 않고 자기 말만 하는 사람이 저렇다. "듣기는 속히 하고 말하기는 더디 하라"(『야고보서』 1:19)고 했건만, 상대의 말을 온새미로 들을 시간이 없다고 자기 말을 먼저 늘어놓는 사람은 매련퉁이다.

"병원에서 요산 수치가 높다며 통풍 조심하라더라. 이제 무슨 낙으로……."

"통풍? 전에 우리 아버지가 통풍으로 엄청 고생했잖아! 옷깃이 슬쩍 몸만 스쳐도 비명을 지르는데 옆에서 보는 내가 다 괴롭더라. 바람만 불어도 눈물을 찔끔하는데 어유……."

친구는 고단한 인생에 유일한 낙인 술을 못 마시는 답답함을 토로하려는 것인데 다른 친구는 갑자기 자기 아버지를 호출해서 통풍이 얼마나 괴로운지 줄줄 읊는다. 절대 걸리지 말라고 당부하는 뜻이야 고맙지만 번지수를 잘못 짚었다.

"병원에 갔더니 손가락 관절염이라고 하네……."

"우리 어머니가 관절염이었잖아. 예전부터 관절에 좋다고 소문난 글루코사민과 콘드로이친은 별로 도움이 안 된다더라. 주위에서 식이유황, 초록입 홍합, 보스웰리아 등을 추천해 주더라고. 해외에서 직구하면 크게 비싸지 않아……."

이건 내가 직접 겪은 일이다. 도움을 주려는 의도는 나도 잘 안다. 다만 내가 꺼내려는 말은 글밥 먹고 사는 사람이 타이핑을 할 때마다 통증을 느끼는 암담함이었다. 나는 그저 공감받고 싶을 따름이었다.

(((

이야기한다는 것은 밀로 가득한
곡식창고에서 딱 한 줌의 밀을 꺼내는
것과 같다. 이미 전한 것보다 전할
이야기가 항상 더 많다.

미국의 시인, 농부, 문명비판가 웬델 베리

웬델 베리는 항상 옳다. 20년 전 외국 대학원 수업 시간에 해후한 뒤로 그의 문장에 밑줄을 긋지 않은 적이 없다. 이번에도 기막힌 비유로 말 중독에 빠진 우리의 실상을 꼬집는다.

이미 전한 것보다 전할 이야기가 항상 더 많다는 말에 민망한 웃음을 짓는다. 이 말만 하면 되겠다 싶었는데 어느새 목구멍에 대기 중인 말이 1개 사단이다. 물이 바다에 넘치듯 말이 입안에 넘친다.

다음에 나올 책 『말하기의 말들』에서 다루겠지만, 말을 잘한다는 것은 언변이 뛰어나다는 뜻만은 아니다. 후두를 치고 올라오는 숱한 문장이 자신을 입 밖으로 보내 달라고 아우성을 칠때 구강을 통과해 육성으로 변환할 말을 골라내는 선택과 배제의 기술이 필수다.

"내가 대접받고 싶은 대로 남을 대접하라"는 황금률만 기억해도 내 말만 일삼지는 않는다. 내가 말할 때 상대방이 듣길 원한다면 상대방이 말할 때 나도 들어야 한다. 내게만 아니라 남에게도 이미 전한 말보다 앞으로 전할 말이 더 많다. 상대방과 균등한 발화 및 청취 시간을 공유하는 것이 대화의 대전제다.

(((

다른 사람들에게 영광을 돌려라.
모든 사람들의 시선이 자신에게로
향해야 한다는 생각을 버리고 기꺼이
다른 사람들에게 영광을 돌리면,
자신의 마음에 고요함이 찾아드는
기쁨을 맛볼 수 있다.

리처드 칼슨, 『우리는 사소한 것에 목숨을 건다』
(강미경 옮김, 창작시대, 2004)

사람은 자기 영광을 구하기 마련이라지만 나는 영광이 남에게 가길 바랄 때도 적지 않다. 그런 나의 희구는 분명 진심이지만 담소를 나누는 나의 모습은 정반대의 진실을 폭로한다. 남의 말을 가로채거나 말할 기회를 엿보느라 조바심을 내는 면모는, 여전히 내가 더 큰 주목을 받고 싶다는 욕구의 명징한 반영이다.

경청은 결국 영광의 문제라는 리처드 칼슨의 통찰 앞에 고개를 숙인다. 좀 길지만 그의 말을 정독해 보자.

주목을 끌고자 하는 욕구를 포기하고, 대신 다른 사람과 영광의 기쁨을 진심으로 함께 나누겠다고 마음속 깊이 결심하는 일은 즐거울 뿐 아니라 마음을 평화롭게 만드는 방법이기도 하다. 상대가 말하는 도중에 끼어들어, "나도 전에 그런 적이 있죠"라거나 "오늘 내가 무슨 일을 했는지 알아요?" 하고 말하지 말고, 입을 가만히 다문 채 무슨 일이 있어나는지 지켜보도록 하라. 그리고 그냥, "정말 멋진 일이군요." 혹은 "좀 더 얘기를 해 주세요" 하고 말하며, 상대가 자유롭게 얘기를 이어 가도록 놓아두라. 큰 관심을 보이면 보일수록 얘기하는 사람은 더욱 신이 날 것이다.

당신이 자신의 말을 주의 깊게 경청한다는 것을 깨닫고 나면 경쟁하려는 마음도 수그러든다. 그 결과 그는 당신과 함께 있는 것을 편안하게 느끼고 흐뭇해할 뿐 아니라, 자신감에 넘치게 된다. 당신 역시 자신이 말할 차례를 참을성 있게 기다릴 수 있기 때문에 마음이 더 편안해진다. 지금 나는 타인으로부터 영광을 빼앗으려고 하는 충동적인 욕구에 대해서 말하고 있다. 살다 보면 서로의 경험을 교환하고 영광과 주목을 나눠 가지는 일이 필요한 때가 많이 있다.

((　(

듣는다는 것은, 반복해서 말하지만
어렵다. 사람에게는 다른 누군가에게
직접적으로 영향력을 주고 싶은 욕망,
그로부터 인정받고 싶은 욕망이
강렬하게 각인돼 있기 때문이다.
하지만 버려야 할 것은 버려야 한다.
늘 누군가에게 영향을 주며 살고 싶다는
생각을 버려야 비로소 들을 수 있다.

김범준, 『귀를 열면 대화가 달라진다』
(유노북스, 2019)

소싯적엔 내가 똑똑하다고, 아는 게 많다고, 그걸 알리고 싶어서 입을 열었다. 뭇사람 중에 나를 높이려는 몸짓이 곧 말하기였다. 사는 날이 더해지면서 더는 나를 드러내려 조바심을 내지 않아도 괜찮아졌다. 그럼에도 입을 터는 버릇은 여전했는데, 이번엔 남들을 돕겠다는 명분에서였다. 실제로 남의 유익을 꾀하며 말하는 보람이 있었다.

그러다 침묵을 배우고 내면을 성찰하면서 내가 보였다. 말로 선한 영향력을 끼치려는 것은 상대에게 중요한 사람이 되고자 하는 욕망의 다른 표현이었다. 과거에 지식을 뽐내던 것이나 오늘날 지식으로 섬기는 것이나 특별한 존재가 되고 싶다는 점은 매한가지였다.

말로 사람을 이롭게 하겠다는 동기도 문제가 다분했다. 언뜻 홍익인간을 닮은 듯하나 그 기저에는 나를 도두보고 남을 낮추보는, 그러니까 남의 그저 그런 말보다 내 말이 영양가가 있다는 신념이 똬리를 틀고 있었다. 아아, 이 지독한 교만이라니! 솔직히 나는 이런 오만의 텃밭을 다 갈아엎지 못했다. 작가와 강사로서 끊임없이 출판과 강의 요청을 받는다는 것은, 직설적으로 말하면 내가 어쨌든 아는 것이 많다는 뜻이 아닌가.

하지만 듣는 척이 아니라 진심으로 들으려면 네 말이 들을 가치가 있음을 긍정해야 한다. 내 입을 닫고 네 말을 듣는 것이 가치 있다고 믿어야 경청이 작동한다. 결국 경청은 "나보다 남을 낮게 여기라"(『빌립보서』 2:3)는 겸손으로 귀결된다.

여기서 질문 하나. 자꾸 말을 하려는 것은 상대에게 영향력을 끼치고 싶고 그에게 중요한 존재로 자리매김하려는 의지의 발현이라고 하였다. 그런데 말하기가 아니라 듣기가 그 욕망을 이뤄 준다면?

(((

알리사는 내 이야기에 귀를 기울이고
이것저것 묻고 있었다. 여태껏 이보다 더
정성스러운 그녀의 따사로움과 이보다
더 열렬한 그녀의 애정을 느낀 적은 결코
없었다.

앙드레 지드, 『좁은 문』
(우현우 옮김, 문예출판사, 2004)

정인情人이 나를 귀 여겨 들을 때보다 더 농도 짙은 애정을 느낄 때가 있을까. 상대가 진심으로 들어 줄 때 '나 사랑받고 있어요'라는 비명이 절로 나오는 건 나만은 아니리라. 『좁은 문』의 인용구는 이렇게 이어진다.

의심, 근심, 그리고 아주 가벼운 걱정까지도 마치 하늘의 티 없는 푸르름 속에 사라져 버리는 안개처럼 그녀의 미소 속에 증발되어 버리고, 이렇게도 애틋한 정다움 속에 다시금 흡수되어 버리는 것이었다.

알리사만 아니라 여동생 줄리에트도 경청의 사람이었다.

줄리에트는 언니와 나 사이에서 전달자 노릇을 했다. 그녀에게 나는 끊임없이 우리의 사랑 이야기를 들려주었고 그녀도 듣는 데 싫증을 내지 않았다.

이 글을 읽는 모든 분이 애정 어린 경청을 선물로 받고 또 선물로 내어 주기를, 그리하여 비루하고 고단한 인생이 살 만한 것이 되기를.

(((

사랑의 첫째 의무는 듣는 것이다.

독일의 신학자 폴 틸리히

'연애'를 주제로 한 강의를 마치자 한 청소년이 다가와 수줍게 입을 열었다. "내 마음을 잘 모르겠어요. 모임에서 만났는데 유독 걔가 말할 땐 나도 모르게 빨려들어요. 다른 애들은 딴짓하는데 매번 나만 푹 빠져서 들어요. 근데 그것만 갖고서 좋아한다고 할 수 있나요……?"

"다른 이는 듣는 둥 마는 둥 하는 말이 유독 내게만 국지성 집중호우로 퍼붓는다? 그건 빼박 사랑이죠!"

경청의 유무는 병아리 감별만큼이나 확실한 사랑의 감별법이다. 김범준 선생은 『귀를 열면 대화가 달라진다』에서 듣기를 사랑이라고 정의한다. "긴 시간 상대방의 말을 듣는 태도에는 그야말로 사랑이 담겨 있다"면서 "자기 이야기를 하고 싶은 욕구를 스스로 절제하는 것이야말로 상대방을 사랑하는 위대한 표현법"이라고 찬양한다. 그의 말마따나 "사랑이 별게 아니다. 잘 들어 주는 것, 오직 그뿐이다."

옳다. 다들 자기 말 좀 들어 보라고 아우성치는 세상에서 사랑이란 상대의 말을 흥건하게 들어 주는 것이 아니겠는가. 사랑의 길을 한 가지로 특정할 순 없지만 듣지 않는 것을 사랑이라 명명하긴 어렵다.

제임스 설리반은 『세상에서 가장 강한 힘 경청』에서 "경청은 사랑을 완성하는 힘이며, 경청자는 인간 영혼을 치유하는 위대한 치료자"라고 추앙한다. 한 존재의 자기 발산인 '말'을 판단하거나 교정하려는 시도 없이 들을 때 화자는 자신의 참된 빛깔을 보여 줄 용기를 내고, 그렇게 자기 검열을 거치지 않은 날것 그대로의 자신을 드러낸다. 그런 자리에 무성한 것은 이미 사랑이다. 명토 박아 말하건대, 듣기는 사랑이며 그 역도 참이다.

((　(

"사람은 으레 관심을 기울이는 쪽으로
잘 듣게 되어 있기 때문이라네."

한희철, 『나누면 남습니다』
(바이북스, 2008)

한 미국 인디언이 도시에 사는 백인 친구를 찾아갔다. 친구를 만나 혼란스러운 도시의 거리를 걷던 인디언은 발걸음을 멈추고 귀뚜라미 소리가 들린다고 했다. 백인 친구는 도시에 무슨 귀뚜라미가 있겠냐며 잘못 들었을 거라고 했다. 그런데 진짜 귀뚜라미를 발견하자 백인 친구는 이렇게 반응했다.

"자네가 귀뚜라미 소리를 잘 듣는 건 당연하겠지. 자네들 인디언은 도시에 사는 우리들보다 귀가 훨씬 밝을 테니까."

인디언은 빙긋이 웃으며 주머니에서 50센트짜리 동전 하나를 꺼내 도로 위에 던졌다. 동전 떨어지는 소리는 귀뚜라미 소리보다 크지 않았지만 지나가던 행인들이 죄다 소리 나는 쪽으로 고개를 돌렸다. 인디언은 동전을 집어 들며 말했다.

"귀뚜라미 소리를 들은 사람은 나밖에 없었네. 이유는 인디언이 도시에 사는 사람들보다 귀가 밝아서가 아니라네. 사람은 으레 관심을 기울이는 쪽으로 잘 듣게 되어 있기 때문이라네." -『나누면 남습니다』

한때 주식이네 코인이네 해서 광풍이 불 때도 나는 무풍지대였다. 투자 꿀팁 같은 소식은 나만 피해 갔다. 금융 문맹이 바람직하진 않지만 '돈 되는 정보'에 일희일비하는 이들의 모습도 안쓰러웠다. 유유상종이라더니 벗들과 대작해도 주식이나 부동산이 화제에 오르지 않는다. 지난달 후배 작가가 "오빠, 예술인 등록하고 2년에 한 번 지원금 신청하세요"라고 해 준 말이 유일한 금융 정보였다. "그 나이에 그럼 무슨 말을 해요?" 일전에 누가 반문하더라. 글쎄, 우리가 무슨 말을 하지?

내 귀가 어떤 소리에 유독 민감한지 살피라. 그것이 나의 가치관을 드러내고 내가 어떤 사람인지를 보여 준다.

(((

어떤 칭찬에도 동요하지 않는 사람도
자신의 이야기에 마음을 빼앗기고 있는
상대에게는 마음이 흔들린다.

아가와 사와코, 『듣는 힘』
(정미애 옮김, 흐름출판, 2013)

매력 있고 싶어. 인기 있고 싶다고.

이런 바람을 품은 사람을 만나 보면 거의 똑같다. 말을 멋들어지게 하면 자신의 바람이 이뤄질 거라 믿는다. 틀린 생각은 아니다. 하지만 내 말은 덜 유창해도 네 말을 잘 경청하면 그게 얼마나 고혹적인지를 모른다.

아는 게 많아서 어떤 주제에도 막힘이 없고 재치 있게 표현도 잘하는 사람은, 여럿이 어울리는 모임에선 확실히 빛난다. 하지만 둘만의 대화에선 다르다. 남들과 깊은 관계를 맺고 오래 유지하는 사람은, 아는 것도 별로 없고 재미도 없는 내 이야기에 귀문을 여는 사람이다.

누군가 내 이야기를 넋 놓고 들어 준 경험이 있는가? 그때 그 사람의 표정은 잊히지 않고 오래오래 각인된다. 어쩌면 우리는 다시 그 표정을 보고 싶어서 말을 하는 것인지도 모른다.

여기 연쇄함몰의 법칙이 있다. 내 이야기에 빠져드는 사람에겐 나도 빠져든다.

여기 연쇄상실의 법칙이 있다. 내 이야기에 마음을 뺏긴 사람에겐 나도 마음을 뺏긴다.

(((

모방이 아니라 관심을 갖고 들어 주는 게
가장 진실한 아첨이다.

미국의 심리학자, 방송인 조이스 브라더스

미국 대중심리학의 선구자 조이스 브라더스의 말이다. TV에서 자신의 이름을 건 프로그램을 최초로 진행한 양반이니 대략 오은영 박사의 원조 격이 되겠다.

나는 빈말이 어렵다. 한번은 페이스북 친구인 사람이 자신의 책을 건네며 포스팅을 부탁했는데 읽어 보니 마음이 동하지 않았다. 내가 유명인은 아니지만 친구 5천에 팔로워가 1만이라 독자군이 적진 않은데, 마음에도 없는 홍보 글에 자칫 돈과 시간을 허비할 사람이 생기겠다 싶어 책 소개를 못하겠더라. 아무 반응도 없는 나에게 섭섭했는지 그쪽에서 관계를 끊었다. 립서비스에 꽝인 나를 두고 누구는 직장생활 안 하길 잘했다고 하더라.

내가 입바른 소리를 못한다고 했지만, 예의상이든 분위기상이든 남에게 듣기 좋은 말을 하지 않는 사람이 있을까? 아부꾼은 질색이라는 사람도 자신을 칭찬하는 말은 달콤하기 마련이다. 살면서 보니 이이의 아부에 불쾌한 표정을 짓는 사람도 저이의 밀어에는 달콤한 미소를 짓더라. 아첨을 혐오한다는 것도 알고 보면 방식을 혐오하는 것일 뿐이더라. 자신이 높임받고 싶은 방식으로 다가오면 누구나 '네가 나를 알아주는구나' 하는 눈빛을 띤다. 반면 자신이 느끼기에 섬세하지 못한 방식으로 칭찬을 해 오면 정색하는 것이고.

그런데 누구에게나 통하는 방식의 아첨이 있다면? 단연코 경청이다. 잘 듣는 사람에게 역정 내는 사람을 본 적이 있는가? 말을 많이 한다고 핀잔을 들어도 듣기를 많이 한다고 지청구를 듣진 않는다. 진심 어린 경청만큼 상대를 띄워 주는 것도 없다. 천박하거나 속되지 않으면서 오른손이 하는 일을 왼손이 모르게 하는 가장 세련된 아첨, 바로 경청이다.

(((

내 말에 푹 빠져서 경청하는 은근한
아부에 저항할 사람은 거의 없다.

잭 우드퍼드, 『사랑의 이방인』Strangers in Love
(박총 옮김)

동서고금을 막론하고 아첨꾼을 곱게 보진 않았다. 서양에선 소크라테스가 "사냥꾼은 개로 토끼를 잡지만 아첨하는 자는 칭찬으로 우둔한 자를 사냥한다"며 경고하고, 동양의 『채근담』은 "소인이 꺼리고 헐뜯는 대상이 될지언정 소인이 아첨하고 기뻐하는 대상이 되지 말아야 한다"고 진언한다.

근현대에 와서도 다르지 않다. 조지 허버트는 "아첨하는 사람의 목구멍은 열린 무덤"이라며 경계하고, 발타자르 역시 "비난하는 사람보다 칭찬하는 사람을 더 조심하라"고 한다. 특히 남들보다 뛰어나고 싶되 그러지 못하는 사람은 아첨꾼의 먹이가 되기 딱 좋다.

이 행위를 힐난하는 어록이 난무함에도 종식되지 않는 까닭이 있을 터. 인간은 첨諂을 혐오하면서도 앙망하는 이중성을 지닌 것이 아닐까. 프로이트가 사회적으로 인정받는 형태로 성욕을 발산한 것이 예술이라고 했듯이 아첨에도 같은 전략이 필요해서 나온 것이 경청이 아닐까.

우리는 애써 상대를 칭찬할 말을 찾는다. 상대가 고객이든, 연인이든 상대를 고양하는 문장을 나열해서 기분 좋게 해 준다 한들 상대방의 말을 경청함만 못하다. 남의 말을 경청한다는 것은 "당신은 내가 주목을 기울이고 귀를 기울일 만한 가치가 있는 사람입니다"고 인정해 주는 것이다. 경청만큼 상대의 인정 욕구를 충족시켜 주는 행위가 있을까. 경청은 상대방이 자신을 맘껏 표현하도록 격려하고, 자신을 발산한 이는 행복해진다. 경청은 우리가 다른 사람에게 보일 수 있는 최고의 찬사 중 하나이다.

—『데일 카네기 인간관계론』

(　(　　(

내가 내 생각을 굽히지 않고 그의
의지를 따르지 않은 게 우리의 우정이
지속되도록 만들었어요. 평생 이어진
우정……

파스칼 메르시어, 『리스본행 야간열차』
(들녘, 2014)

회의 시간이었다. 내 말에 맞장구를 치던 사람이 의사 결정의 순간이 오자 내 의견과 전혀 다른 입장을 지지했다. 뭐지? 허탈함과 배신감을 섞은 칵테일을 단숨에 들이켠 기분이었다. 공감과 동감이 다르다는 걸 몰랐던 소싯적 이야기다.

협상 전문가인 경찰대학 이종화 교수는 한국인들이 공감과 동의를 동일시하기 때문에 공감하길 두려워한다고 지적한다. 상대방에게 공감을 표하면 그것을 동의라고 받아들일까 봐 공감을 표하길 저어한다는 것이다. 사고를 낸 사람이 피해자를 찾아가 사과하지 않는 것도 이런 사정과 무관하지 않을 것이다.

공감과 동감은 엄연히 다르다. 상대의 말을 잘 들어 주는 공감과 상대의 생각에 동의하는 동감을 구분해야 한다. 친구가 직장생활의 고초를 토로할 때 "네가 정말 힘들겠구나" 하며 정서적인 교감을 나눈다고 해서 문제를 바라보는 관점까지 일치하는 것은 아니다. 위로는 위로대로 건네지만 전혀 다른 생각을 제시할 수도 있는 것이다. 나는 공감과 동감이 가끔은 손을 잡지 않아야 성숙한 우정이라고 믿는다. 둘이 늘 단짝이라면 정신적 아첨이 아닌지 의심해 봐야 한다.

개랑 나는 생각이 너무 달라! 생각이 달라도 공감과 경청이 있다면 친구가 될 수 있다. 아니, 되레 더 깊은 사이가 된다. 『리스본행 야간열차』에 나오듯 내 생각을 굽히거나 상대의 의지에 숙이고 들어가지 않는 관계가 평생의 우정을 빚는다.

(((

매일 밤 케오는 지칠 줄 모르는
동정심으로 그의 이야기에 귀를 기울였다.

오 헨리, 「구두」, 『오 헨리 단편선』
(이성호 옮김, 문예출판사, 2006)

"그 여자를 잊었노라고 수백 번을 말했지? 그랬었지?"

"대충 한 375번쯤 되지."

인내심의 기념비 같은 케오가 머리를 끄덕였다.

하하하, 같은 이야기를 375번이나 반복하게 두다니 소설에서나 가능한 일이 아닐까. 대개는 같은 말을 세 번쯤 들으면 그만 좀 하라고 구박을 한다. 나만 해도 "여보, 그거 97번만 더 말하면 100번째야"라고 반응한다. 그런 나도 살면서 같은 이야기를 지치지 않고 들은 적이 있다.

내 글쓰기 교실에 들어온 30대 여성은 처음부터 엄마 이야기를 썼다. 어릴 적부터 홀로 자신을 키운 엄마가 2년 전에 암으로 돌아가셨다는 내용이었다. 그건 시작에 불과했다. 이후로 모든 글이 기승전엄마로 끝났다. 글쓰기 주제가 무엇이든 엄마로 귀결됐다.

몇 달이 지나자 그는 맨날 엄마 얘기만 올려서 미안하다며 수업 분위기를 가라앉히는 건 아닌지 조심스러워했다. 나는 전혀 미안해하지 말라면서 1년 내내 글에서 엄마만 찾아도 된다고 했다. 내 보기엔 엄마를 잃은 지 2년이 지난 이제야 엄마를 추모할 준비가 된 것 같다고 덧붙였다. 그 말에 편안함을 느낀 것일까. 그는 엄마와 관련한 모든 추억을 글에 소환하며 한 해를 보냈다. 동료 글벗들 역시 싫은 내색 한 번 없이 매번 엄마를 그리워하고 엄마에게 미안해하는 심정에 공감해 주었다. 그렇게 1년이 지나고 졸업장을 받는 그의 얼굴이 첫 수업 시간과 비교해서 한결 밝았다고 한다면 내 착각일까.

(((

자, 이 지팡이의 반대편에 나와 같이
앉자. 내 영혼의 창인 눈을 바라보라. 내가
너를 위해서 내 마음속에 가지고 있는
것이 무엇인지 들어 보라. 우리는 동의할
수도 있고 동의하지 않을 수도 있다.
하지만 나는 나 자신을 진심으로 그리고
너의 진실한 그 자체를 존경하고 사랑한다.

필리스 크런보, 『기적의 토킹스틱』
(이소희·김정미 옮김, 북허브, 2014)

각종 모임과 회의는 듣기의 훌륭한 실습장이지만, 나 홀로 경청의 의지를 고수한들 말하기의 각축장으로 전락한 현실을 넘어서기 난망이다. 이럴 때 '인디언 토킹스틱'Indian talking stick이 제격이며 그 효과 역시 놀랍다.

북미 선주민들은 모임을 열면 지팡이를 쥔 사람 외에는 누구에게도 발언권을 주지 않았다. 스틱을 가진 이가 말을 마칠 때까지 묵묵히 경청해야 한다. 이로쿼이족이라고 알려진 선주민 연방은 여러 부족의 연합체인데도 토킹스틱 덕분에 분쟁이 없었다고 한다. 모두가 돌아가며 각자의 의견을 충분히 피력한 덕에, 다수결의 횡포에 소수가 굴복하는 것이 아닌 최대한 의견의 일치를 끌어냈다고. 벤저민 프랭클린을 비롯한 미국 건국의 아버지들이 이를 눈여겨보고 연방 초기에 도입하여 불협화음을 조율했다고 전해진다.

스티븐 코비 박사는 자기계발서의 고전인 『성공하는 사람들의 7가지 습관』에서 토킹스틱을 건네는 절차에 주목한다. 한 사람의 말이 끝나면 지팡이를 그대로 다른 이에게 넘기는 것이 아니라 발언권을 가지려는 사람이 이전 사람의 이야기를 요약해야 한다. 그 말을 듣고 만족할 때에만 스틱을 전해 준다. 내가 지인들에게 이 대목을 언급하면 다들 감탄한다. 말을 하려면 먼저 들어야 한다는 지극히 평범한 이치를 반영한 것뿐인데 우리의 경청 문화가 얼마나 빈곤하면 그럴까 싶어 씁쓸해진다.

((　(

안전한 대화는 다른 사람에 대한 존중을
품고 적극적으로 경청하는 것이며,
진정성을 갖고 자신을 표현하는 것이다.

스티븐 코비, 『성공하는 사람들의 7가지 습관』
(김경섭 옮김, 김영사, 1994)

앞서 소개했듯이 토킹스틱 모임에선 스틱을 가진 사람만 말한다. 다음 발언권을 얻으려는 사람은 지팡이를 쥔 사람의 말을 정리해서 표현한다. 지팡이를 쥔 사람이 느끼기에 그 사람이 자신의 메시지를 이해하지 못했다면 했던 말을 다시 할 권한이 있다. 사람들이 제대로 이해했다고 확신할 때까지 이 과정을 반복할 수 있다. 토킹스틱 전달은 그다음 절차다.

토킹스틱 모임에는 서로를 존중하고 보호하는 뜻이 깃들어야 한다. 스틱 보유자만 말하는 규칙을 지킨다 한들 이런 정신이 뒷받침되지 않는다면 규칙은 한낱 율법주의로 전락한다. 또한 토킹스틱 모임은 안전해야 한다. 남이 쉽게 받아들이지 않을 이야기를 꺼내도 비난과 정죄를 당하지 않는다는 믿음을 공유해야 한다. 다른 이의 의견에 반대하더라도 심판과 보복을 당할 거라는 걱정이 없어야 한다.

토킹스틱 모임은 단순히 지팡이가 오가는 자리가 아니다. 세상에서 가장 안전하고 존중받는 모임을 일구려는 의지가 그 본질이다.

(((

물 먹는 소 목덜미에
할머니 손이 얹혀졌다.
이 하루도
함께 지났다고,
서로 발잔등이 부었다고,
서로 적막하다고,

김종삼, 「묵화」墨畵, 『김종삼 전집』
(권명옥 엮음, 나남, 2005)

065

이심전심의 경지. 아무 말 없이 서로 듣는다는 것이 이런 것일까.
가만히 등을 쓸기만 해도, 물끄러미 손을 잡기만 해도 우리는 말
하고 또 듣는다.

(((

그들은 한 사람씩 (……) 그 조용한
방에 와서 그에게 말했다. 자기들이 하고
싶은 말이 무엇이든 벙어리는 언제나
이해해 준다고 느꼈기 때문이다.

카슨 매컬러스, 『마음은 외로운 사냥꾼』
(서숙 옮김, 시공사, 2014)

미국 남부 소도시에 사는 싱어는 청각언어장애인이다. 같은 장애를 가진 안토나풀로스는 마음을 나누는 유일한 지기였다. 안토나풀로스가 정신병원에 들어간 뒤로 혼자가 된 싱어는 24시간 문을 여는 허름한 식당 '뉴욕 카페'에 앉아 시간을 보낸다. 왠지 에드워드 호퍼의 유명한 그림 「밤을 새우는 사람들」이 연상된다.

그런 그에게 몇 사람이 다가온다. 가난하지만 음악으로 자신의 세계를 이루려는 소녀 켈리, 사회주의를 꿈꾸는 떠돌이 급진주의자 블런트, 흑인 인권이 보장되는 사회를 꿈꾸는 흑인 의사 코플랜드. 이들은 듣지도 말하지도 못하는 싱어에게 속내를 털어놓는다. 무슨 말을 하든 싱어가 이해해 준다고 느낀다. 실제로 싱어는 그들 모두에게 마음을 알아주는 유일한 사람이 된다. 그가 한 일이라곤 그들의 입 모양을 보며 알아듣는 대목이 나오면 고개를 끄덕이고 눈을 마주친 게 전부다. 물론 그 자신은 아무 말도 하지 않았다.

듣지도 말하지도 못하는 사람이 가장 잘 들어 줄 거라는 믿음은 역설이 아니다. 싱어처럼 하면 된다. 상대의 눈을 보고 고개를 끄덕이며 들어 주라. 아무 말도 하지 말라. 그러면 당신 주위에 사람이 몰릴 것이다. 미국의 저명한 정신분석학자 카를 메닝거 박사는 사람을 끄는 경청의 힘을 자력에 빗대어 표현한다.

듣는 일은 신비한 자력을 가진 창조적인 힘입니다. 사람들은 자기 말을 잘 들어주는 친구의 곁에 머물고 싶어 합니다. 누군가 우리말에 귀 기울여 줄 때, 우리의 존재는 만들어지고 열리고 확장됩니다. 나는 이 진리를 깨달은 뒤부터 모든 사람에게 애정을 갖고 그들의 말에 귀를 기울입니다.   ─『빛나는 인격』

(((

교수님은 누구와 함께 있으면 그와
완전히 시간을 공유했다. 그 사람의 눈을
응시하고 세상에 오직 그 사람밖에 없는
것처럼 이야기를 들어 주었다.

미치 앨봄, 『모리와 함께한 화요일』
(공경희 옮김, 살림, 2010)

듣기는 요령과 기술이 아니다. 먼저 태도와 마음가짐의 문제요, 가치관의 문제다. 듣는다는 것은 단지 말에 귀를 기울이는 것이 아니다. 지금 나에게 말하는 사람을 현재 내 삶에서 가장 소중한 사람으로 대하는 것이다. 이걸 지식으로 가르칠 수 있다고? 스피치 학원은 넘쳐나도 듣기 학원은 없는 까닭이다.

인디밴드 허클베리핀의 리더 이기용은 『듣는다는 것』에서 같은 결의 문장을 뽑아낸다.

저에게 듣는다는 건 주의를 기울이는 것입니다. 주의를 기울인다는 건 내가 이 순간 관심을 가지고 있는 대상이 오직 당신뿐이라는 것을 의미합니다. 컴퓨터나 휴대전화, 시계 따위에 관심을 분산시키지 않는 겁니다. 말 그대로 이 순간만큼은 당신이 내 삶에서 가장 중요한 사람인 거죠.

모리 교수님은 말한다. "나는 다른 사람과 온전히 함께하는 시간이 있다고 믿네. 그건 상대방과 정말로 '함께' 있는 것을 뜻해." 아아, 나는 누군가와 함께 있으면서도 온전히 그 자리에 현존하지 않은 적이 얼마나 많았던가.

"그 사람의 눈을 응시하고 세상에 오직 그 사람밖에 없는 것처럼 이야기를 들어 주었다." 이 구절 앞에서 침이 꼴깍 넘어가는 사람이 나만은 아닐 것이다. 너나 할 것 없이 우리는 모두 이런 사람이, 이런 경험이 절실하다.

(((

말은 공과 같다. 만약 아이가 "수영장에
갔었어!"라는 공을 던지면 "수영장에
갔었구나!"라고 같은 공을 되던져 준다.

와쿠다 미카, 『미운 네 살, 듣기 육아법』
(오현숙 옮김, 길벗, 2016)

이 책에서 듣기는 방법론의 문제가 아니라 존재론의 문제임을 누누이 밝혔다. 하지만 세상일이 그렇듯 잘 듣겠다는 마음가짐만 갖고 되는 건 없다. 파스칼은 『팡세』에서 "형식에 자기의 희망을 두는 것은 미신이다. 그러나 형식을 따르기를 거부하는 것은 오만이다"라고 했다. 듣기도 마찬가지다. 듣기의 요령만 구하는 것은 미몽이지만 방법론을 무시하는 것 또한 오만이다. 잘 듣겠다는 의지는 몸의 훈습을 통과해야 현실이 된다.

가장 기초적인 듣기 방법론은 캐치볼이다. 상대가 던진 말을 받아서 고스란히 돌려주는 것이다. 어이없을 만큼 쉽고 단순해서 이게 무슨 효과가 있을까 싶지만 실제로 해 보면 깜짝 놀란다. 하루는 우리 집 아이가 역정을 심하게 부렸다. "어우, 짜증나!" 시간이 지나도 멈추지 않는 아이를 보며 화가 머리끝까지 치밀어 올랐지만 캐치볼의 원리를 떠올리고는 "짜증이 많이 났구나" 했다. 속이 부글부글 끓어올라서 진심은 털끝만치도 없이 입으로만 그랬다. 그러자 아이가 거짓말처럼 혈기를 죽이면서 "네"라고 답하는 게 아닌가!

석가모니도 캐치볼의 명수였다. 어떤 비구가 "세존이시여, 이제 저를 위해 간략히 법을 설하여 주소서" 하고 청하면 부처님은 "그대는 즐거운 마음으로 '저를 위해 간략히 법을 설하여 주소서' 하고 말하였는가?"라고 되물었다.

화술 연구자인 후쿠다 다케시 선생은 『먼저 들어라』에서 캐치볼의 핵심을 이렇게 짚는다. "대화는 캐치볼에 곧잘 비유된다. 캐치볼은 상대가 받아들이기 쉬운 곳으로 볼을 던지는 것이 요령이다." 그러니 말을 그대로 받아서 넘겨주는 게 시시하다고 무시하지 말라. 받기 좋게 넘겨주는 것이 캐치볼을 잘하는 요령이다.

(((

'앵무새 작전'이라는 강력한 기술이 있다.
그저 상대방이 한 말의 뒷부분을
앵무새처럼 따라 함으로써 대화를
이어 가는 방법이다.

고니시 미호, 『불편한 사람과 편하게 대화하는 법』
(김윤경 옮김, 비즈니스북스, 2018)

"왜 자꾸 아까부터 말을 따라 해요?"

"죄송합니다. 반향어 금지."

"반향어, 그건 뭐야?"

"남의 말을 따라 하는 것으로 자폐의 흔한 증상 중 하나입니다."

"어, 하지 마, 반향어."

'어, 하지 마, 반향어.'

드라마 『이상한 변호사 우영우』의 한 장면이다. 우영우의 상사인 정명석 변호사는 반향어를 금지시킨다. 하지만 우리는 '어, 하지마, 반향어'를 속으로 고스란히 따라 하는 우영우를 보며 큭큭거린다. 우영우의 아빠 역시 첫 출근을 앞둔 딸에게 남의 말을 따라 하지 말라고 당부한다. 극중에선 반향어를 터부시하지만 실생활에선 반향어만 구사해도 잘 듣는 사람이 된다.

우영우가 속한 로펌의 대표가 우영우에게 일은 할 만한지, 고민은 없는지 묻는다.

"고민은 있지만 말씀드리기 어렵습니다."

"뭔데 그래요. 한바다 소속 변호사의 고민은 대표인 나의 고민이기도 하고."

"키스할 때 서로 앞니가 부딪히지 않으려면 입을 벌려야 하는데 그 상태에서는 숨을 쉬기가 어렵습니다. 그것이 고민입니다."

"아, 그렇구나. 그것이 고민이구나."

봐라. 로펌 대표부터가 반향어를 쓰지 않는가.

(((

단지 상대방이 말하는 것을 듣고,
그것을 그대로 다시 말해 주면 된다.
당신 자신의 것 또는 생각들을 절대로
거기에 섞지 않으며, 어떤 것이라도
상대방이 표현하지 않은 것을 절대로
덧붙이지 않는다.

상대의 말을 따라 하는 앵무새가 되었다. 상대의 말을 받아서 돌려주는 캐치볼을 했다. 확실한 효과를 보았다. 그러다 상대방의 말을 나의 말로 옮겼다. 보다 풍부한 표현을 사용하기도 하고 명확한 어휘를 구사하면서 쾌감을 느꼈다. 그게 상대방에게 도움이 될 때도 있었고, 고맙다는 말을 듣기도 했다. 하지만 그 과정에서 상대가 표현하지 않은 것까지 섞여 들어가면서 내 해석과 감정에 따라 그의 말을 이해하게 됐다. 물론 세상 어떤 것이든 해석 없이 이해는 불가능하다. 하지만 내 해석이 그가 의도한 바를 비껴가는 일이 생기기도 한다.

젠들린도 이 지점을 우려했다. 그는 캐치볼을 할 때 청자는 자신의 생각을 섞지 말고, 화자가 표현하지 않은 것은 덧붙이지 말라고 당부한다. 특히 "민감하고 중요한 대목은 그 사람이 구사한 단어를 고스란히 반복하라"는 문장은 공감력과 어휘력이 뛰어난 이들이 새겨야 할 지침이다.

히가시야마 히로히사는 『듣기의 힘』에서 듣는 일이 직업인 상담가의 대화 기술은 "극단적으로 말해 맞장구 외에는 없으며 맞장구의 고급 기술은 내담자의 말을 되풀이하는 맞장구"라고 했다. 앞선 꼭지에서 '앵무새, 캐치볼, 반향어'라고 칭한 것이다. 이때 상대가 쓴 말을 그대로 가져다 쓰라고 강조하는데 "사람은 자기 어휘가 그대로 돌아오면 저항을 느끼지 않기 때문"이다.

((　(

당신의 목소리에 담긴 망설임은 신중하고
배려 있게 말한다는 증거이며, 뒤따르는
침묵은 존중하며 경청한다는 증거이다.

미국의 작가, 강사 데일 카네기

소싯적엔 뜸 들이는 사람이 답답했다. 상대가 퍼뜩 본론으로 들어가지 않으면 전기밥솥에서 나는 목소리를 흉내 내며 이렇게 말하곤 했다.

"취사가 완료되었습니다."

"네?"

"뜸 들이지 마시라고요."

"하하하. 네, 얼른 말씀드릴게요."

세월이 흘렀고 이제는 나도 진득이 기다려야 함을 안다(알지만 잘 안 된다). 중요한 말은 무게가 나가서 구강 밖으로 끌어내는 데 시간이 걸린다. 쉽게 나오는 말일수록 가볍다. 상대방이 진짜 하려는 말을 들으려면 뜸 들이는 시간을 내줘야 한다. 내가 먼저 재촉하지 않으면 마주한 이가 품은 말의 밥알이 잘 익는다. 뜸을 들일 시간을 주면 잘 지은 밥을 내게 대접한다.

((　(

잘 말하는 사람에게는 귀를 열지만,
잘 듣는 사람에게는 마음을 연다.
누군가의 말을 들어 주는 것, 그것은
힘이다.

아가와 사와코, 『듣는 힘』
(정미애 옮김, 흐름, 2013)

072

"안녕하세요. 오늘 강의랑 관련 없는 질문도 괜찮을까요."

"네, 그럼요."

"저는 사회생활을 앞둔 청년입니다. 제가 말에 능하지 않아서 고민입니다. 긴장도 되고요. 강사님처럼 유창하게 말하려면 어떻게 해야 할까요."

강의 자리에서 받은 질문이다. 먼저 청년을 격려했다. 그런 다음 사람마다 장단점을 다 가졌으니 단점을 의식하기보다 본인의 장점을 살리는 것에 집중하라고 했다. 물론 필요하면 스피치 책이나 영상을 보고 연습하라는 말도 덧붙였다. 그런 다음 진짜 전하고 싶은 말이 나왔다.

"말하는 것보다 듣는 것이 몇십 배는 더 중요합니다. 사회생활의 기초체력은 잘 말하는 것보다 잘 듣는 것에 있다고 하잖아요. 요즘엔 다들 스피치 학원이라도 다니는 건지 말 잘하는 사람이 널렸죠. 말로 존재감을 드러내는 사람이 흔해지면 귀로 존재감을 드러내는 사람은 더 귀해집니다. 이제 달변가는 평가 절하되고 경청가가 평가 절상되는 세상이 됐다고 하면 시기상조일까요? 순전한 맘으로 남의 말을 듣는 사람은 무슨 일을 하든 성공할 거라고 하면 너무 낭만적일까요?"

5년 전 큰애가 통번역학과에 붙었을 때 농을 쳤다. "축하한다, 아들. 앞으로 AI 땜에 제일 먼저 없어질 직업이 통번역인 건 알지?" 큰애와 내가 폭소한 게 엊그제 같은데 그새 인공 지능이 인간의 능력을 추월하고 일자리를 잠식하는 시대가 도래했다. 그런데 AI가 아무리 발전해도 진실한 경청과 공감만큼은 불가침의 영토로 남을 것 같다. 이것 역시 AI의 잠재력을 깨닫지 못하는 문과 출신의 나태한 생각인지도 모르겠지만 말이다.

(((

모모는 가만히 앉아서 따듯한 관심을
갖고 온 마음으로 상대방의 이야기를
들었을 뿐이다. 그리고 그 사람을
커다랗고 까만 눈으로 말끄러미
바라보았을 뿐이다. 그러면 그 사람은
자신도 깜짝 놀랄 만큼 지혜로운 생각을
떠올리는 것이었다.

미하엘 엔데, 『모모』
(한미희 옮김, 비룡소, 1999)

'듣기'를 주제로 삼은 책에 『모모』가 빠질 리 있겠는가. 우리는 누군가 찾아와 자신의 문제를 토로하면 뭔가 도움이 되는 말을 해 주는 것을 예의요, 인지상정으로 여긴다. 하지만 경험으로 알지 않는가. 그런 말은 별 도움이 되지 않는다는 것을. 나 역시 예의요, 인지상정이라 듣는 척하는 것일 뿐. 개똥밭에서 좀 굴러 보면 인정할 수밖에 없다. 슬프지만 내 문제는 나 스스로 길을 찾아야 한다는 것을.

문제투성이인 이승에서 서로가 서로에게 해 줄 수 있는 것이라곤 길 찾기를 거드는 것뿐이다. 누군가에게 정말 도움이 되고 싶다면 그 사람의 말을 성심으로 들으면 된다. 그러면 된다. 그는 자신을 위한 빛줄기를 몸소 발견할 것이다. 박학이나 명석이 필요하지 않다. 모모가 했듯 따스한 관심을 지니고 온 맘으로 들으면 된다. 살면서 한 번쯤은 누군가 내 말을 경청해 줄 때 동이 환하게 트는 경험을 하지 않았던가.

이 원리는 개인에게만 아니라 단체나 회사에도 고스란히 적용된다. 세계적인 경영 컨설턴트 피터 드러커 역시 자문이나 컨설팅의 본질은 경청에 있음을 분명히 한다.

조언, 자문, 컨설팅이란 문제 해결의 성격을 띠지만, 사실은 그들 스스로가 문제점을 도출하여 해결하도록 돕는 기술이고 가장 중요한 전제조건은 열심히 들어 주는 것이다. 그러면 그들은 열심히 이야기를 할 수 있고, 그 과정에서 스스로 해법을 찾는다.

((　(

아무리 상대방이 틀렸고 당신이 옳다고
생각되더라도 일단은 그의 입장에 서서
끝까지 들어 주어라. 어떠한 경우라도
상대방이 말하는 도중에 끼어들어
비판하려 들지 마라. 상대방이 자기
문제를 스스로 잘 헤쳐 나갈 것이라 믿고
기다려 줘야 한다.

김혜남, 『당신과 나 사이』
(메이븐, 2018)

074

우울증은 누구나 걸릴 수 있는 감기다. 말은 그러해도 정신과 방문은 내과를 찾는 것과 달리 용기를 요한다. 육체의 감기는 살짝 증세만 있어도 내과에 들르지만 영혼의 감기는 크게 악화했을 때에야 겨우 정신과를 알아본다. 그만큼 증상이 심하다 보니 환자는 속히 고통에서 벗어나길 바라고 의사 역시 즉각적인 방법을 제시하고픈 유혹을 받는다.

그러나 정신과 의사인 김혜남 선생은 흔들리지 않는다. 환자 스스로 문제를 해결하도록 하는 것이 그의 진료 원칙이다. 인간에게는 본능적으로 타자의 충고와 개입을 달가워하지 않는 성향이 있고, 무엇보다 의사가 주도하면 환자는 자신에게 문제를 해결할 힘이 있음을 망각한다.

내가 환자의 이야기를 잘 들어 주면 환자는 자기 이야기를 풀어 놓으면서 그동안 몰랐던 자기 마음을 하나둘 이해하게 된다. 두려워서 꽁꽁 가슴 한구석에 감춰 둔 상처를 직면하고 그것을 어루만지며 비로소 어두운 과거에서 벗어나게 되는 것이다.

어려움을 토로하는 이를 만나면 나는 결정적인 도움을 주려는 유혹에 강하게 휩싸인다. 그에게 특별한 사람이 되고 싶은 욕망이 활어처럼 팔딱거린다. 앞으로는 해결사나 조언자의 자리에 서기를 정중히 거절하고, 그가 손수 답을 찾을 거라고 믿는 신자信者의 자리, 그의 말을 묵묵히 듣는 경청가의 자리에 설 수 있을까? 문제를 해결해 줘서 고맙다며 그가 내게 영광을 돌리는 모습과 스스로 문제를 헤쳐 나가며 그가 자신감을 얻는 모습. 전자보다는 후자를 원해야 가능한 일이다.

(((

말하기의 반대는 듣기가 아니다.
말하기의 반대는 기다림이다.

미국의 작가 프랜 리보위츠

'말하는 사람'의 반대말은? 대부분 '듣는 사람'이라 답하지만 정답은 '기다리는 사람'이다. 남이 말할 때 듣지는 않고 자기가 말할 기회만 노리는 세태를 풍자한, 미국 유머 작가 프랜 리보위츠의 말이다.

헤밍웨이도 이를 진즉에 간파했다. "남이 말할 때 완전히 귀기울여라. 대부분 사람은 남의 말을 경청하지 않는다." 왜 말을 듣지 않을까. 매너가 없어서일까. 핸드폰 때문일까. 내가 할 말을 준비하느라 그렇다.

상대의 말을 들으면서 내가 할 말을 떠올리는 것은 자연스럽다. 하지만 상대가 말하는 중에 치고 들어갈 기회를 엿보거나 말이 언제 끝날지 조바심을 낸다면 나는 듣지 않는 것이다. 이는 상대의 말을 경청의 대상이 아니라 내가 할 말의 재료나 배경으로 삼는 것이다. 남의 말을 안개꽃 삼아 내 말을 장미꽃으로 내세우려는 것이다. 경청은 내 말에 왕관을 씌우지 않는다. 경청은 상대방의 말에 베푸는 대관식이다.

(((

훌륭한 가정교육을 받고 학력이 높다고
자부하는 사람 대부분은 다른 사람의
말에 집중하지 못한다. 그들이 남의
말에 집중하는 시간은 새가 짝짓기하는
시간만큼이나 짧다.

윌리엄 암스트롱, 『단단한 공부』
(윤지산·윤태준 옮김, 유유, 2012)

하하하, 이 구절을 읽자마자 너털웃음을 터뜨렸다. 호기심이 발동해 찾아보니 새의 짝짓기 시간은 10분의 1초에 불과하다. 맞다. 0.1초다. 아는 게 많은 사람일수록 기록경기에서 메달 색깔이 바뀌는 찰나도 집중하지 못한다는 얘기다.

"래빗은 똑똑해." 푸가 사려 깊게 말했다. "맞아. 래빗은 똑똑해." 피글렛이 말했다. "그리고 머리가 좋아." "맞아. 래빗은 머리가 좋아." 한참 아무 말이 없었다. 푸가 입을 열었다. "그래서 아무것도 이해하지 못하나 봐."

『곰돌이 푸』에서 똑똑한 래빗이 아무것도 이해하지 못하는 역설에 빠진 것도 같은 맥락일 것이다. 어떤 점에선 내가 그랬다. 가슴 뛰는 분야가 넓어서 온갖 책을 섭렵했다. 외국에서 10년을 살았고 세계 곳곳을 여행하면서 견문을 넓혔다. 온갖 사람을 사귀며 주워들은 이야기도 넘친다. 걸어 다니는 잡학사전이라고 불렸다. 그래서일까, 남이 이야기를 할 때면 내가 아는 걸 말하고 싶어 입이 근질근질하다.

소싯적엔 내 앎을 드러내고픈 마음이 낭창낭창해서 수시로 입을 털었다. 나이를 먹으면서 자기 과시의 욕구가 감퇴했지만 이번엔 나름 선한 의도로 입을 연다. 대화를 풍성하게 하고 싶어서, 누군가에게 유용한 정보가 되었으면 해서, 그래서 말허리를 끊는다. 섬기려는 뜻이니 괜찮아, 그렇게 자위하면서.

다행히 조금씩 깨닫는다. 제아무리 유익한 말을 대방출한들 평범한 그대의 말에 집중하는 것보다 만남을 풍요롭게 일구는 것이 없음을.

(((

머리가 좋은 사람은 이해도 빠르기
때문에, 다른 사람의 이야기를
끝까지 듣는 것을 괴로워합니다.

우오즈미 리에, 『잘 듣는 습관』
(강다영 옮김, 매일경제신문사, 2019)

077

"남의 말을 끝까지 듣기가 유난히 어려워요."

똑똑한 사람의 저주다. 독서가 희귀한 시대에, 베스트셀러도 아닌 이 책을 읽는 분이라면 똑똑한 독자일 거라고 내 멋대로 간주하겠다. 그러니 본서의 독자라면 상대가 몇 마디를 떼면 이미 무슨 말을 할지 알아채서 남은 말을 듣기 지루해할 거라고 무례한 짐작을 해 본다.

일본의 이름난 스피치 강사 우오즈미 리에도 "머리가 좋은 사람은 상대가 1을 말할 때 10을 이해하기 때문에, 이야기를 끝까지 듣지 못하고 먼저 답을 말해 버린다"고 간파한다. 내 경험을 봐도 그렇다. 무슨 이야기를 하려는지 조기에 파악하니 흥미가 떨어졌고, 처음 듣는 이야기라 해도 나만큼 유려하게 전달하지 못하는 것을 견디기 어려워했다(적고 보니 좀 재수가 없다). 그러다 보니 남이 말하려는 바를 가로채고 화제를 바꾸는 등 금기시된 만행을 저지른다. 상대의 말을 끊지 않고 듣는 실습을 해 보면 안다. 껴들지 않기가 이렇게 어려운 줄 몰랐다는 사람이 태반이다(나만 나쁜 놈이 될 순 없지).

의사소통의 기본은 상대의 말허리를 꺾지 않고 끝까지 듣는 것이다. 이게 안 되면 온갖 듣기 서적과 경청 세미나를 섭렵한들 소용이 없다. 우오즈미 리에는 듣기의 기본 기술로 '참기'와 '다 알아도 모르는 척하기'를 제시한다. 너무나 빤한 말이지만 모든 것은 기본에서 시작한다.

(((

누군가 당신을 필요로 한다면
그가 원하는 것은 빛나는 조언이나 충고가
아니다. 다만 그는 곁에서
자기 이야기에 진심으로 귀 기울여 줄
사람을 필요로 하는 것이다.

김혜남, 『당신과 나 사이』
(메이븐, 2018)

당신에게 무언가를 고백할 때,

그리고 곧바로 당신이 충고를 하기 시작할 때,

그것은 내가 원한 것이 아니었습니다.

당신에게 무언가를 고백할 때,

내가 그렇게 생각하면 안 되는 이유를

당신이 말하기 시작할 때,

그 순간 당신은 내 감정을 무시한 것입니다.

당신에게 무언가를 고백할 때,

내 문제를 해결하기 위해 당신이

진정으로 무언가를 해야겠다고 느낀다면

이상하겠지만,

그런 것은 아무런 도움도 되지 못합니다.

기도가 사람들에게 도움을 주는 것은

아마 그런 이유 때문이겠죠.

왜냐하면 하나님은 언제나 침묵하시고

어떤 충고도 하지 않으시며

일을 직접 해결해 주려고도 하지 않으시니까요. (중략)

그러니 부탁입니다.

침묵 속에서 내 말을 귀 기울여 들어 주세요.

만일 말하고 싶다면.

당신의 차례가 올 때까지 기다려 주세요.

그러면 내가 당신의 말을

귀 기울여 들을 것을

약속합니다.

— 작자 미상, 앤서니 드 멜로 제공

((　(

귀는 진실에 이르는 뒷문이고
허위가 밀어닥치는 앞문이다.

발타자르 그라시안, 『성공을 위해 밑줄 긋고 싶은 말들』
(김영근 옮김, 예가, 2004)

전작 『읽기의 말들』에서 책을 잘 읽으려면 읽지 않는 법을 배워야 한다고 했다. 쇼펜하우어는 "좋은 책을 읽기 위해서 나쁜 책을 읽지 않을 일이다. 그러기 위해서는 읽지 않고 지나는 기술이 필요하다"고 했고, 가토 슈이치는 "책을 읽지 않는 법은 책을 읽는 법보다 훨씬 중요하다"고 했다. 한 사람의 사유는 어떤 책을 읽었는지뿐만 아니라 어떤 책을 읽지 않았는지에도 달렸다.

마찬가지로 잘 들으려면 '듣지 않기unlistening'도 배워야 한다. 듣기를 거부할 줄 알아야 꼭 들어야 할 말을 제때 들을 수 있다. 차별과 혐오를 조장하는 말, 특정 지역을 악마화하는 말, 아주 달콤하게 남을 헐뜯는 말(우리 속담에도 "장 단 집엔 가도 말 단 집엔 가지 말라"고 했다)을 접하면 중랑천에 가서 귀를 씻어야 한다. 남의 욕망을 모방하라고 부추기는 말, 정해진 길로 가야 안전하다는 말, 돈이 인생에서 가장 중요하다는 말은 솔깃하지만 내 귀에 입장을 불허하는 편이 정신 건강에 유익하다. 귀로 거부권을 행사할 줄 아는 사람은 삶이 자신에게 말을 걸어 올 때 들을 줄 안다. 힘없고 연약한 이들의 외침이 들릴 때 귀를 내어줄 줄 안다.

오늘은 스팅의 노래 「잉글리시 맨 인 뉴욕」을 크게 틀어 놓는다. 흥얼흥얼 따라 부르는데 후렴이 가슴에 착 감긴다. "Be yourself no matter what they say." 그들이 뭐라 말하든 (듣지 말고) 너 자신이 되어라. 오우 예.

(((

권력의 점심을 얻어먹고 이를 쑤시며 작아지고
배가 나와 열심히 골프를 치며 작아지고
칵테일 파티에 가서 양주를 마시며 작아지고
이제는 너무 커진 아내를 안으며 작아진다

김광규, 「작은 사내들」, 『우리를 적시는 마지막 꿈』
(문학과지성사, 1979)

작아진다. 자꾸만 작아진다. 이렇게 시작하는 이 시만큼 나이를 먹어 가며 기성 사회에 함몰되는 몰골을 핍진하게 폭로한 시가 또 있을까. 나이에 비례해 보수성이 증가하는 건 자연의 이치라지만 읽을 때마다 씁쓸한 입맛이 가시질 않는다. "우리가 돈이 없지. 가오가 없냐"는 말처럼 쪽팔리지는 않게 살고자 입술을 깨문 지난 세월이지만, 나도 이렇게 작아지면 어쩌지 하는 두려움이 허파 뒤편에 기숙하는 것을 숨길 수 없다.

나는 권력의 점심을 얻어먹은 적이 없다. 골프를 치지도, 칵테일파티에 가지도 않는다. 그럼에도 시 앞부분에서 언급하듯 "들리지 않는 명령에 귀 기울이며 작아"지진 않았는지 자문한다. 졸저 『욕쟁이 예수』에 쓴 것처럼 "내 자녀의 현재 성적이 아이의 평생을 좌우한다, 꾸준한 자기계발 없이는 무한경쟁 시대에서 도태될 수밖에 없다, 주식이나 부동산에 투자하지 않으니까 그 모양 그 꼴로 산다, 외모지상주의 사회에서 탄력 없는 피부는 노화의 징표고 늘어나는 뱃살은 자기관리의 실패다, 완벽하게 자신을 포장해야 상대에게 빈틈을 보이지 않는다"와 같은 들리지 않는 명령을 듣고 작아진 건 아닌지 나를 의심한다.

체 게바라는 쿠바 혁명을 승리로 이끈 다음 성공에 안주하지 않았다. 좀 편하게 지낼 만도 한데 "로시난테를 타고 떠난 돈키호테처럼 나는 떠나네"라는 명언을 남기고 다시 콩고 전장으로 향한다. 평생 그런 정신으로 살겠노라, 아바나 혁명광장에서 체에게 경례를 올리던 내 모습이 생생한데 네 아이의 아비라는 명분을 내세워 점차 안정감에 길들여지는 이내 모습이 수치스럽다. "귀밑머리가 하얗게 셀수록 되레 마음이 붉어진다"는 쑨원의 말이 맴돌아 자꾸 목이 메는 밤이다.

(((

손에 쥔 게 망치밖에 없으면,
모든 문제가 못으로 보인다.

에이브러햄 해럴드 매슬로,
『과학의 심리학』The Psychology of Science
(박총 옮김)

081

한 단체나 회사가 전문가의 자문을 구하면 결과가 이렇다고 한다. 전략 전문가는 제대로 된 전략의 부재가 가장 근본적인 문제라며 입을 떼고, 정보기술 전문가는 IT 시스템의 후진성부터 바꿔야 한다고 진단한다. 인사 전문가는 인사를 개혁해야 미래가 있다고 주장하고, 회계 전문가는 회계 부문이 엉망인 회사가 잘될 리 없다며 목소리를 높인다. 사람은 매사에 자기가 익숙한 관점으로만 접근한다. 이를 '망치의 법칙' 또는 '매슬로의 황금 망치'라고 부른다. 컨설팅에서는 각자의 전문성에 입각해 의견을 개진하는 것이 도움이 되겠지만 한 사람을 상대할 때는 그렇지가 않다.

내가 공황장애와 우울증을 심하게 겪었을 때도 그랬다. 돈이 행불행을 가른다고 믿는 사람은 당시 바듯한 내 형편이 원인일 거라고 말했고, 평소 건강을 신조로 삼던 지인은 운동을 권하면서 햇볕을 쬐면 상태가 좋아질 거라고 덧붙였다. 당시엔 밖에 나갈 의지도 의욕도 없어서 아무 소용 없는 조언이었다. 관계로 모든 문제를 푸는 친구는 인간관계에 어려움이 있을 거라고 단정했다. 믿었던 이들에게 당한 배신이 우울증을 촉발한 건 사실이지만 근본 원인은 아니었다. 믿음이 독실한 분은 "하나님이 나중에 크게 쓰시려고 시련을 준다"고 했다. 순간 그의 멱살을 잡고는 누가 크게 쓰임받고 싶다고 했냐고, 당신이나 실컷 쓰임받으라고, 쓰임 같은 거 안 받아도 되니 애초에 이런 고통은 없어야 하는 거라며 악을 썼다(라고 쓰고 속으로만 그랬다).

다들 도움이 되길 바라며 한 말이겠지만 먼저 내 말을 들어줬으면 했다. 아니, 입을 열 기력도 없는 내 곁에 말없이 있어 줬으면 했다.

(((

오늘도 절에 가서 절집만 보고 왔다

(……)

오늘도 절에 가서 절 뒤의 산줄기만 보고 왔다

(……)

십 년 넘게 얼굴을 아는 사람은 많았지만

마음속 한 치도 못 들어가 본 사람은

더 많았다

도종환, 「오늘도 절에 가서」, 『흔들리며 피는 꽃』
(문학동네, 2012)

082

도종환의 시에서처럼 10년을 알고 지내도 속내를 모르는 사이가 많다. 안타깝게도 함께한 세월이 길수록 경청의 농도는 반비례한다. 특히 가장 가까운 가족이나 가족 못지않게 오래된 친구의 말을 거듭거듭 겉듣는다.

마이클 니콜스는 『듣는 것만으로 마음을 얻는다』에서 이 점을 잘 포착했다.

아이러니하게도 우리의 듣기 능력은 가장 가까운 사람들에게 최악으로 발휘되는 경향이 있다. 갈등이나 습관, 감정의 압박 때문에 우리는 듣기가 가장 필요한 순간에 가장 잘 듣지 못하게 된다. 그러나 가족의 테두리 밖으로 나와 관심은 있지만 함께 살지는 않는 사람들과 만나면 좀 더 열린 마음과 수용적인 태도와 융통성을 발휘하곤 한다. 이는 가족보다 친구에게 더 관심이 많아서가 아니라 친구관계에서는 갈등과 분노라는 부담이 덜 작용하기 때문이다.

앞으로 10년지기의 말은 최소 10분 이상 끊지 말고 들어 주자. 20년지기의 말은 20분 이상 한 호흡으로 들어 주자. 우리 안해는 나랑 35년지기이니 35분은 멈추지 말고 들어 줘야겠다. 경청을 1년에 1분씩만 늘려도 애정 전선의 크고 작은 난관이 사전 예방되겠지?

(((

선생은 듣고 있지도 않았다. 선생은 누가
말할 때 듣는 법이 거의 없다.
"역사에서 널 낙제시킨 건 네가 아는 게
하나도 없어서야."
"그건 압니다, 선생님. 정말이지, 그건
알아요. 선생님도 어쩔 수 없으셨겠죠."
"하나도 없어," 하고 선생은 같은 말을
또 했다. 그런 건 정말 미치겠다니까.
처음에 인정했는데도 어떤 말을
두 번씩 할 때 말이다. 그런데 선생은
세 번째 똑같은 말을 했다.
"정말 하나도 없어. 난 네가 학기 중에 단
한 번이라도 교과서를 펼쳐 봤는지 의심이
들 정도야. 사실대로 말해 봐, 애야."

제롬 데이비드 샐린저, 『호밀밭의 파수꾼』
(공경희 옮김, 민음사, 2001)

사랑하며 살다 보니 자녀를 넷이나 낳았다. 어느새 큰애가 20대 중반이 됐다. 밖에서는 큰애보다 어린 사람의 말도 주의 깊게 듣고 꼬박꼬박 존대하는데 집에서는 잘 안 된다. 아이의 말을 무지르고 내 할 말에 급급할 때가 잦다. 나름 괜찮은 아빠라고 자평하는데 듣기와 관련해선 낙제에 가까웠다.

어느 날 아이들 앞에서 내 말만 일삼는 모습에 눈이 떠졌다. 바끄러웠다. 이런 못난 면모를 내 몸의 열매들이 닮으면 어쩌나 덜컥 겁이 났다. 그 뒤로 삼간다고 했지만 쉽게 고쳐지지 않는다. 너는 아빠가 제일 잘 안다, 네가 어려서 세상을 모른다, 아빠가 경험이 훨씬 많잖아…… 입 밖으로 내놓지 않아도 속으론 이런 편벽을 떨치지 못한다.

어쩌다 부모와 자식의 연을 맺었지만 한 하늘 아래 다 같은 자매형제 아닌가. 아이들과 내가 30~40살 차이가 난다지만 우주의 나이 150억 년에 비하면 눈을 슴벅이는 찰나에 불과한데, 오줌 한 방울이 나오는 시간을 더 살았다는 이유로 내가 아이들 말을 듣기보다 아이들이 내 말을 들어야 한다고 생각했다.

어느새 꼬꼬마들이 훌쩍 커서 내 말을 논리적으로 반박하는 나이가 됐다. 내 품을 떠날 날이 얼마 남지 않았다. 아이들의 말을 경청할 시간이 얼마 남지 않았다.

(((

곤궁한 자들의 외침에 귀를 막으면
그는 가장 사랑하는 이의
나지막한 목소리도 듣지 못한다.

독일의 극작가, 시인 베르톨트 브레히트

내가 대학에 들어간 시절엔 여전히 군인이 대통령이었다. 학교에서 나와 신촌역으로 가는 길엔 청카바를 걸친 백골단 놈들이 우리를 잡아 세우곤 영장도 없이 가방을 뒤졌다. 비운동권 친구가 공부 삼아 읽던『자본』이 발각되자 놈들은 책으로 머리를 갈겼다. "부모님이 빨갱이 짓 하라고 대학에 보냈냐!" 일행인 나도 압수수색을 당했지만『살아남은 자의 슬픔』이 나오자 돌려줬다. 놈들은 브레히트를 몰랐다. 시야에서 사라지는 친구를 배경으로 '살아남은 자의 슬픔'이란 글자가 유난히 크게 보였다.

"총이야, 도와줘!" 어느 날 아침에 등교하는데 총학 활동을 하던 같은 과 선배가 정신없이 지나갔다. 백골단 두 명이 사나운 기세로 쫓아왔다. 놈들 앞을 막아섰다. "왜 이러세요." 순간 번쩍! 하며 눈에 불이 나더니 내 몸이 바닥을 굴렀다. 뒤돌려차기였다. 선배는 정문 앞에서 잡혀 끌려갔다. 얼얼한 턱만큼이나 시린 가슴을 달래며『살아남은 자의 슬픔』을 읽었다.

학교 근처의 재개발을 앞둔 동네를 사측 용역 깡패들이 둘러 쌌다는 소식을 듣고 현장에 나갔다. 운동권은 아니지만 겨울에 주민들이 길바닥에 나앉는 일만큼은 막아야겠단 오기가 생겼다. 한창 대치 중에 놈들의 기습으로 같은 과 친구의 머리통과 다리가 박살이 났다. 나는 그날도『살아남은 자의 슬픔』을 읽었다.

나는 10대에 만난 한 사람을 35년째 사귀고 있다. 괴로운 계절도 지났지만 둘의 금슬이 괜찮은 편이다. 비결을 물으면 이야기를 많이 나누는 편이라고 답하지만, 한 가지 이유를 더 든다면 힘닿는 한 고통받는 이의 목소리에 응답하려고 했던 것이 아닐까 싶다. 나는 믿는다. 곤궁한 자의 외침에 귀를 막으면 은애하는 이의 목소리도 듣지 못한다는 걸. 사랑은 결국 하나니까.

(((

사람이 내는 모든 소리를
사람으로 대접하라

원재길, 「들리는 소리」, 『나는 걷는다 물먹은 대지 위를』
(민음사, 2004)

층간소음으로 살인까지 벌어지는 마당에 사람이 내는 모든 소리를 사람으로 대접하라니. 농부 시인 원재길의 낭만이 과하다. 귀마다 노이즈캔슬링 이어폰을 낀 세상 아닌가. 이제 "방음은 방탄조끼처럼 훌륭하다"고 찬양받는 시대가 되었다.

나는 소리에 민감하다. 잘 때도 귀마개를 끼니 낮이야 말해 무엇하랴. 유선 이어폰 시대엔 차음성이 뛰어나다는 에티모틱을 썼고, 지금은 노이즈캔슬링 이어폰을 사용한다. 한번은 버스에 올랐다가 멘붕에 빠졌다. 어랏, 이어폰을 집에 두고 왔네. 아이와AIWA 카세트플레이어 때부터 수십 년간 내 귀를 떠난 적이 없는 이어폰 아닌가. 종일 귀를 고문할 온갖 청각배설물을 어떻게 견디지. 절로 미간이 찌푸려졌다.

그날따라 하루가 유독 길었지만 이어폰 없이도 지낼 만했다. 막차가 덜컹거리는 소리며 맞은편에서 떠드는 소리가 가히 나쁘지 않았다. 아니, 인간적으로 들렸다. 그간 사람이 내는 소리를 습관적으로 부정하며 소음의 무균 상태를 추구한 건 아닐까. 이후 종종 이어폰을 끼지 않는다. 생활소음에 귀를 적응시킨다.

팬데믹 이후 비대면 강의가 대세다. 줌에서 수강생들이 마이크를 끄면 순간 나 홀로 무위와 적막의 나라에 떨어진다. 스노클링을 할 때처럼 귀가 멍해지고 '후우, 후우' 내 숨소리만 들리는 기분이다. 숨이 막히는 기분을 참다가 급기야 요청한다. 되도록이면 마이크를 켜 달라고. 여러분의 헛기침 소리, 타이핑 소리가 들려야 안심이 된다고. 사람이 내는 소리를 차단하는 고가의 이어폰을 쓰면서도 사람이 내는 소리를 차단하지 말라고 부탁하다니 이런 모순도 없다.

(((

내가 사는 파리의 아파트에서 이웃
사람이 밤늦게 벽에 못을 박는다든가
하는 경우, 나는 그 소리를 '自然化'한다.
나를 불편하게 하는 일체의 것에 대한
내 安定法을 충실히 따라, 나는 내가
디죵의 우리집에 있다고 상상하고, 내게
들리는 모든 소리를 자연적인 것이라고
생각하며 이렇게 나 자신에게 중얼거리는
것이다 ― "저건 아카시아 나무를 쪼고
있는 내 딱따구리란 말야."

가스통 바슐라르, 『공간의 시학』
(곽광수 옮김, 민음사, 1990)

프랑스의 과학철학자 바슐라르는 입지전적 인물이다. 결혼한 지 6년 만에 아내를 잃고 홀로 어린 딸을 키운다. 고등학교를 졸업하고 시골 우체국에서 일하며 오직 독학으로 교수 자격시험에 합격하고 세계적인 학자가 된다.

그의 책에는 '몽상'이란 부제가 빠지지 않는데, 사유에서뿐 아니라 실생활에서도 상상력의 대가였다. 그는 파리의 아파트에서 밤늦게 이웃 사람이 내는 망치질 소리를 나무를 쪼는 딱따구리로 치환하는 등 몽상가의 자질을 유감없이 발휘했다. 그런데 하필 왜 딱따구리일까.

딱따구리는 조용한 주민이 아니다. 그리고 우리들이 그것을 생각하는 것은, 그것이 노래할 때가 아니다. 그것이 일할 때인 것이다.

바슐라르가 망치 소리에 화를 내기보다 딱따구리 소리로 고쳐 들은 것은, 일하는 소리이기 때문이 아닐까? 이웃을 괴롭히려는 악의가 아니라면 밤중의 망치질은 부득이한 나름의 사정이 담겼을 테니 말이다. 그 역시 어렵게 살아온 시절이 있으니 이해심을 발휘하는 데에 도움이 되었으리라. 어쩌면 '보이지 않는 딱따구리의 나무를 쪼는 소리가 들리듯 보이지 않는 이웃의 망치질하는 소리가 들린다'와 같은 일종의 평행이론을 수립한 건 아닐까. 내 몽상이지만 말이다.

빌라며 아파트 같은 공동생활에 치이다 보니 생활소음에도 괜한 불똥이 튄다. 과하지만 않다면 고깝게 듣지 말고 고웁게 듣는 세상이 되면 좋겠다. 너도 내고 나도 내는 소리, 사람이라면 응당 내는 소리가 아닌가.

((　(

백인의 도시에는 조용한 곳이 없다.
봄 잎새 날리는 소리나 벌레들의
날개 부딪치는 소리를 들을 곳이 없다.
홍인은 미개하고 무지하기 때문인지
모르지만, 도시의 소음은 귀를 모욕하는
것만 같다. 쏙독새의 외로운 울음소리나
한밤중 못가에서 들리는 개구리 소리를
들을 수가 없다면 삶에는 무엇이
남겠는가?

김종철 엮음, 『녹색평론선집 1』
(녹색평론사, 2008)

북미 선주민 두아미쉬-수쿠아미쉬족의 추장 시애틀의 편지 혹은 연설문으로 널리 알려진 글이다. 오랜 세월 여러 사람의 손을 거치며 내용이 보태졌다는 말도 있고 시애틀 추장이 이런 연설을 한 적이 없다는 주장도 있다. 최근엔 크리족 인디언의 예언이라는 견해도 나온다.

출전이 불분명함에도 북미 선주민이 자녀들에게 자연의 소리에 귀를 기울이고 이를 위해 침묵하라고 가르친 사실만큼은 분명하다. 그들의 생활과 사상을 살핀 허다한 연구자가 입을 모아 말하는 점이다. 일례로 겨우내 얼었던 땅이 녹는 따지기가 되면 아이들을 큰 나무 아래에 앉혀 놓고 나무가 뿌리에서 물을 끌어올리는 소리를 듣게 했다는 기록도 있다.

생태적 감수성을 발휘하면 누구나 만물의 속삭임을 들을 수 있다. 아일랜드 사람은 "잔디풀이 자라는 소리까지 들으려고 한다"는 말을 사용한다. 영국 소설가 조지 엘리엇은 "평범한 인간의 삶에서 예민한 통찰력과 감성을 발휘할 수 있다면, 잔디풀 자라는 소리와 다람쥐의 심장박동 소리를 들을 수 있다"고 했다.

딸아이가 고등학생 시절 제 방에서 달팽이를 키웠다. 달팽이를 키우면 뭐가 좋으냐고 물으니, 밥으로 오이를 넣어 주고 고요 속에 머무르면 사각사각 갉아먹는 소리가 들린단다. 사람이 음식 먹는 소리도 ASMR로 듣는 세상에서 달팽이가 오이 씹는 소리라니! 하고 많은 동물 가운데 하필 달팽이냐며 핀잔을 준 게 무색해졌다. 그날 밤 나는 환한 가슴으로 딸이 미물의 소리를 듣는 사람이기를 기도하였다.

(((

아침과 봄에 감동하는 여부로 당신의
건강을 측정하라. 자연이 깨어나도 당신
안에 아무 반응이 없다면, 이른 아침
산책할 기대감에 잠이 달아나지 않는다면,
첫 파랑새의 지저귐이 당신을 전율시키지
않는다면 — 알라. 당신 인생의 아침과
봄은 지나갔음을. 그러므로 당신이
생명의 약동을 느끼기를 빈다.

헨리 데이비드 소로,
『일기』The Journal, 1837-1861, 1859년 2월 25일
(박총 옮김)

다행이다. 아침은 아니지만 저녁을 먹고 당현천의 물소리를 들으러 갈 생각에 가슴이 뛰는 걸 보면, 파랑새는 아니지만 김은등 뻐꾸기의 노랫소리에 홀려 새벽에 베란다로 나오는 걸 보면, 아직 나의 봄은 지나가지 않았구나.

혹여 내 인생의 아침과 봄은 이미 지나갔다며 탄식하는 이들에겐 유대교 랍비인 아브라함 J. 헤셸의 문장으로 경이의 감각에 다시 불을 지펴 주고 싶다.

> 우리들의 목표는 끝내주는 경이 속에서 생을 사는 것이어야 한다. (……) 아침에 일어나서 아무것도 당연시하지 말고 세상을 바라보라. 모든 것이 위대한 현상이다. 모든 것이 믿을 수 없이 신기하다. 삶을 시시하게 대하지 말라.　　　—『경청의 영성』

경이 속에서 사는 사람 하면 조르바가 떠오른다. 아이처럼 만물을 새롭게 만나는 조르바는 영원히 놀라고 감탄한다. 그에겐 만사가 기적이다.

> "두목, 저기 저 건너 가슴을 뭉클거리게 하는 파란 색깔, 저 기적이 무엇이오? 당신은 저 기적을 뭐라고 부르지요? 바다? 바다? 꽃으로 된 초록빛 앞치마를 입고 있는 저것은? 대지라고 그러오? 이걸 만든 예술가는 누구지요? 두목, 내 맹세코 말하지만, 내가 이런 걸 보는 건 처음이오!" 그의 눈에서는 눈물이 흐르고 있었다.　　　—『그리스인 조르바』

(((

"대지의 언어는 마법과도 같습니다.
그러나 마음으로 들을 수 있는 사람들만이
그 소리를 들을 수 있지요. 겨울 하늘을
향해 뻗은 앙상한 나뭇가지, 물살에 깎인
바위의 촉감, 일몰의 색조, 땅을 적시는
빗줄기의 내음, 밤에 부는 바람 소리…….
대지의 속삭임은 어디에나 있습니다.
그러나 대지와 함께 꿈을 꾸는 자들만이
그 소리를 들을 수 있습니다."

스태니슬라우스 케네디, 『영혼의 정원』
(이해인 · 이진 옮김, 열림원, 2015)

더글러스 우드의 『지구를 위한 할아버지의 기도』를 보면 할아버지가 손주인 '나'에게 지구의 기도를 듣게 한다. "저 나무의 기도 소리가 들리니?" 할아버지는 알려 준다. 바위와 언덕은 침묵으로, 호수는 저녁놀과 별을 비추며 기도한다고. 강물은 자신을 바다에게 주기도 하고 하늘에게 주기도 하는 여행을 계속하면서 기도한다고.

　나에게 기도의 지평을 열어 준 할아버지는 세상을 뜬다. 나는 "기도하고, 기도하고, 내가 기도할 수 없을 때까지 또 기도"하지만 할아버지의 죽음을 막지 못한다. 그러고 나서 나는 아주 오랫동안 기도하지 않는다. 어느 날 숲을 걷기 전까지는 말이다. 나는 숲길에서 시냇물 소리를 듣고, 울새의 노래를 듣고, 또 다른 어떤 것을 듣는다.

　나는 기도 소리를 들었다. 지구는 기도하고 있었다, 바로 내 할아버지가 말씀하셨던 것처럼. 그래서 나도 같이 기도했다.
　"고마워요"라고 나는 기도했다, "이 나무들과 향긋한 꽃, 단단한 바위들과 노래하는 새, 특히…… 우리 할아버지에 대해."
　그리고 나는 기도를 하면서 무언가 바뀐 것을 느꼈다. 할아버지가 어쩐지 가까이 계시는 것처럼 느껴졌다. 그리고 오랜 시간이 지난 지금에야, 처음으로 세상이 제대로인 것처럼 보였다.

　기도는 들을 줄 아는 이만이 드릴 수 있다. 진정한 기도는 지구의 기도를 들을 줄 아는 이만이 드릴 수 있는 것인지도 모른다.

(((

그것이 반드시
파란 아이리스일 필요는 없어요
텅 빈 땅의 잡초일 수도 있고
작은 돌맹이일 수도 있지요
다만 주의를 기울여

몇몇 단어를 조합해 보세요
공들여 다듬으려고 하지 마세요
이건 백일장이 아니니까요

기도란 감사로 들어가는 문간이고,
다른 목소리에 귀 기울이는 침묵이랍니다

메리 올리버, 「기도」, 『갈증』Thirst

기도라고 하면 보통 청원과 기원으로 여기지만 기도의 알짬은 듣기에 있다. 출처가 불분명하지만 마더 테레사가 미국 CBS 방송에 출연했을 때 앵커인 댄 래더와 이런 대화를 나눴다고 한다. 댄 래더가 물었다.

"기도할 때 수녀님은 무슨 말을 하시나요."

"저는 듣습니다."

테레사 수녀가 이렇게 답하자 댄 래더는 질문을 바꿨다.

"그렇다면 하느님은 무슨 말을 하시죠?"

테레사 수녀는 미소를 지으며 확신에 차서 말했다.

"그분도 듣습니다."

순간 댄 래더는 어떤 말을 해야 할지 몰랐다. 테레사 수녀가 덧붙였다.

"당신이 그걸 이해하지 못하면 제가 설명할 수가 없어요."

앤서니 드 멜로는 『개구리의 기도 1』에서 기도의 4단계를 제시한다. 곱씹을수록 깊은 경지가 있다.

내가 말하고 신이 듣고

신이 말하고 내가 듣고

서로 말하지 않고 서로 듣고

서로 말하지 않고 서로 듣지 않고.

(((

우리는 내가 누군가에게 좋은 일을
할 수 있다고 느낄 때만, 그래서 내가
선량한 사람이 된 듯한 느낌을 받을
때만 상대방에게 관심을 가질 때가 아주
많습니다. 그때 우리는 상대방을 통해
나 자신을 사랑하는 것입니다. (……)
고통스러워하거나 불안에 빠진 사람
앞에 있을 때, 나는 나 자신의 불안을
진정시키려고 무슨 일이든지 그를 위해
할 수 있는 일거리를 찾습니다.

장 바니에, 『희망의 사람들 라르슈』
(김은경 옮김, 홍성사, 2002)

미국에서 '교사들의 교사'로 존경받는 파커 J. 파머. 그는 40대에 접어들며 뚜렷한 이유도 없이 갑작스레 우울증에 걸린다. 당시 사람들이 찾아와 꺼낸 햇볕을 쬐라는 조언도, 그동안의 성취에 대한 칭찬도, 어떤 마음인지 안다는 공감의 말도 아무런 도움이 되지 않았다고 한다. 사실 그런 말은 고통스러운 사람에게 내가 쓸모 있는 존재가 되어야 한다는 압박의 산물이다.

돌아보면 나도 그랬다. 내가 도움이 될 때만, 선량한 사람이라고 느낄 때 상대의 말을 경청했다. 경청이라기보다 근사한 말을 던질 기회를 엿본 것이다. 상대가 내 조언을 받아들여 상태가 좋아지면 "그것 보라고" 하면서 으쓱하고, 조언을 안 따르면 '그래도 난 내 할 바를 했어'라며 자위했다.

기실 압도적인 고통 아래 놓인 사람에게는 해 줄 수 있는 것이 없다. 어떤 말도 위로가 되지 않는다. 끔찍한 사고로 배우자를 잃은 사람이 이런 말을 했다고 한다. "제발 사람들이 입을 다물었으면, 그리고 뭔가 도움이 되려 애쓰지 않으면 좋겠습니다." 그런데도 기어코 입을 열고야 마는 것은 쓸모없는 기분에서 벗어나려는 안간힘이며, 아무것도 할 수 없는 무기력함을 회피하려는 발로다.

삶의 난폭함 앞에 속수무책으로 당하는 사람에게는 나 역시 아무 말도 못 하는 속수무책으로 화답함이 옳다. 고통의 곁에 무기력하게 서서 신음에 귀 기울이는 것. 그것만이 고통을 덜어낸다.

(((

나 자신을 있는 그대로 받아들이는
것이야말로 세상에서 가장 두려운 일이다.

스위스의 심리학자 카를 구스타프 융

우리는 인생의 목소리에 귀 기울여 그 참모습을 이해하려고 노력해야 한다. 그 참모습이 내가 원하는 인생의 모습과는 상당한 거리가 있다고 해도 말이다.　　　　　　　　　　　── 파커 J. 파머

압박을 받더라도 가짜 자아 즉 흉내 내는 자아, 너무 똑똑한 자아, 회피하는 자아는 모두 버리고 진짜 자아만으로 서 있기를 바랍니다. 그 진짜 자아가 실망스럽더라도 말이죠. ── 조지 손더스

'진짜 자아가 실망스럽더라도.' 자신을 있는 그대로 받아들이기 어려운 이유다. 그렇지만 이를 회피하면 더 큰 고통이 기다린다. 파커 J. 파머는 40대 초반에 우울증의 방문을 받는다. 자신이 우울증에 걸릴 거라고 예상치 않았기에 충격이 컸다. 어렵사리 우울증에서 회복해서 잘 지내는 듯싶더니 40대 종반에 집 나간 우울증이 돌아온다.

　우울증이 처음 기숙할 때 내면의 가장 깊은 곳에 웅크린 자신을 직면하고 그 말을 경청해야 했는데 당시 발견한 제 모습이 두려워 회피했다고 파머는 고백한다. 결국 우울증의 재방문을 받았고 그 대가는 지옥을 한 번 더 경험하는 것이었다고.

　진짜 자신을 직면하는 것이 두려워 현재의 고통에 머물러 있기. 스캇 펙은 이를 '게으름'이라고 단죄한다. 바로 다음 장에서 밝히겠지만 나 역시 게으름에 남아 있느라 혹독한 대가를 치렀다. 내 모습이 아무리 두렵더라도, 심지어 혐오스럽더라도 그런 나를 경청하고 수용할 수 있을까?

((　(

우울증의 신비를 받아들이는 것이
수동적인 행동이거나 포기는 아니다.
낯설지만 사실은 자기의 가장 깊은 곳에
있는 자아의 힘의 영역으로 이동하는
것이다. 그것은 기다림이며 지켜보는
것이다. 귀 기울이는 것, 고통을 겪어
내는 것, 그리고 무엇이든 가능한 대로
자기에 관한 지식을 수집하는 과정이다.

퍼커 J. 파머, 『삶이 내게 말을 걸어 올 때』
(홍윤주 옮김, 한문화, 2012)

세상 해맑은 내가 40대 전반에 우울장애 진단을 받는다. 불청객과 3년간 불편한 동거를 한다. 3년간 상담을 받으며 이제 좀 괜찮아졌다 싶었는데 40대 후반에 우울증이 벌크업을 해서 돌아온다. 조울증에 걸린 것이다. 자기 소멸의 충동이 커져서 제 발로 병동을 찾아 자가입원을 했다. 뭔가 기시감이 든다면, 맞다. 40대 초반과 종반 두 차례 걸쳐 우울증을 앓은 파커 J. 파머와 같은 여정을 밟았다.

우울증은 지금 속사람이 내면의 가장 깊은 곳을 탐사하는 중이니 부디 귀를 기울이라는 영혼의 호소다. 이 시기에는 무엇이든 가능한 대로 자신에 대한 지식을 수집해야 한다. 특히 "쉬지 말고 광신적으로 실망을 수집해야 한다."(『리스본행 야간열차』)

남의 말을 듣는 일은 어렵다. 그보다 더한 난제는 자신의 말을 듣는 것이다. "내가 그 소리에 귀를 기울이려고 할 때마다 알아듣지 못할 말로 바뀌는 것 같"다.(『달의 궁전』) 하지만 『빵장수 야곱』이 말하듯 "자기 소리를 듣지 못할 때 겁을 내야" 한다. 아무리 남의 말을 잘 들어 준다 해도 자신에게 귀 기울이지 않으면 남에겐 환대받을지언정 자신에겐 외면당할 테니까.

(((

어느 날 아침 눈을 뜨고 귀를 기울여
들어 보니 어디선가 멀리서 북소리가
들려왔다. 아득히 먼 곳에서, 아득히 먼
시간 속에서 그 북소리는 울려 왔다. 아주
가냘프게. 그리고 그 소리를 듣고 있는
동안 나는 왠지 긴 여행을 떠나야만 할 것
같은 생각이 들었다.

무라카미 하루키, 『먼 북소리』
(윤성원 옮김, 문학사상, 2014)

094

"이젠 너도 정착할 나이가 됐잖니."

내 나이 40대 하고도 중반. 부모님의 말씀에 "네, 네"라고 했지만 나는 여전히 떠날 궁리에 빠졌다. 아이를 넷이나 주렁주렁 달고서 말이다. 목사로서 우리 교우가 이직한 일터에 잘 정착하기를 기도하고 이사 간 동네에 잘 뿌리내리기를 축복하면서도 정작 나는 엉덩이가 근질거려 가만있질 못했다. 지금은 50대라 몸뚱이 근수도 나가고 다리도 무거워졌지만 여전히 북소리를 들으면 가슴이 뛴다.

어떤 의미에서 인생은 잘 정착하는 것보다 잘 떠나는 것이 더 중요하다. 연착륙의 실패 탓으로 발생한 불행의 횟수만큼이나 이륙의 실패, 즉 떠나야 할 때 떠나지 않아서 발생한 불행의 횟수도 크다. 어쩌면 정주settlement에 집착하고 유목nomadism에 소홀한 불균형이 문제의 근원인지도 모른다.

떠나라는 북소리를 듣는 귀에 복 있으라. 내가 이룬 것에 집착하지 않는 그대는 이미 자유인이로다. 우리가 북소리를 들어도 선뜻 떠나지 못함은 기껏 내린 뿌리를 다시 뽑아 이식하면 남들보다 뒤진다는 두려움 때문이기도 하다. 그렇다면 하루키의 북소리에 이어 헨리 데이비드 소로의 북소리를 들어 보기를 제안한다.

왜 우리는 성공하려고 그처럼 필사적으로 서두르며, 그처럼 무모하게 일을 추진하는 것일까? 어떤 사람이 자기의 또래들과 보조를 맞추지 않는다면, 그것은 아마 그가 그들과는 다른 고수鼓手의 북소리를 듣고 있기 때문일 것이다. 그 사람으로 하여금 자신이 듣는 음악에 맞추어 걸어가도록 내버려 두라.　—『월든』

(((

쓰나미와 산호초의 파괴처럼 지구의
균형이 깨졌다는 신호들은 단지 물리적
징후만이 아니다. 틱낫한 스님이
말하는 것처럼, 그런 신호들은 "마음을
모으게 하는 벨소리"로서 우리로 하여금
주의를 기울이고 깨어나 귀를 기울이라는
외침이다.

르웰린 보간리 엮음, 『생태 영성: 지구가 울부짖는 소리』
(김준우 옮김, 한국기독교연구소, 2014)

생물음향학 박사인 버니 크라우스는 '소리 풍경의 생태학'이라는 영역을 개척했다. 툰드라에서 원시림까지 1만 5천 종이 넘는 생물의 소리를 45년간 4만 5천 시간이나 녹음했다. 그가 녹음한 코요테의 마지막 웃음, 죽음을 애도하는 비버의 울음을 들으면 큰절이라도 올리고 싶다.

만물이 저마다의 음색과 톤을 발산하면 대자연의 오케스트라를 이룬다. 안타깝게도 지구의 교향악을 연주하는 악사들이 급속도로 사라진다. 하루에 무려 150종이 멸종한다니 "동물을 대하는 태도에 관한 한 모든 인간은 나치"라고 한 동물신학자 앤드류 린지를 반박할 염치가 없다. 내가 신생 기후위기 시민단체의 취지에 공감해 창립이사를 맡겠다고 자청한 것은 죄책감을 덜어 보려는 알량한 몸짓이었다.

생태계 공멸의 임계점이 얼마 안 남았다는 말을 굳이 되풀이하지는 않겠다. 현재 지구는 홍수와 폭풍, 폭염과 가뭄 등으로 몸부림치며 우짖는다. 인간은 근대화라는 미명 하에 자연에 깃든 정령을 추방하고 거룩한 숲을 도륙했다. 그렇게 자연과 분리되면서 현재의 풍요가 가능해졌지만 그 대가로 만물의 성스러움은 물론 우리 자신의 성스러움을 망실하였다.

르웰린 보간리가 바로 짚었듯 기후위기는 "저 밖의" 문제가 아니다. "세상은 풀어야 할 문제가 아니다. 세상은 우리 자신의 일부분이며, 또한 우리는 고통받고 있는 전체 세상의 한 부분이다." 이 진리를 깨달으려면 지구의 소리를 들어야 한다. 지구의 소리는 곧 나의 소리다.

(((

말하고 있는 싯다르타는 느꼈다. 바수데바는
조용히 마음을 열고, 기다리는 마음으로
자기의 말을 받아들인다는 것을, 한마디도
놓치지 않고, 초조하게 기다리는 기색도
없이, 칭찬도 나무람도 덧붙이지 않고,
오로지 열심히 듣기만 한다는 것을.
싯다르타는 느꼈다. 이 같은 청자에게
고백하는 것, 그의 심장에다 자신의
생애를, 자신이 추구한 바와 자신의 고뇌를
침전시킨다는 것은 말할 수 없는 행복임을.

헤르만 헤세, 『싯다르타』
(차경아 옮김, 문예출판사, 2006)

096

경청에 깊이를 더해 줄 한 권의 책을 추천해 달라고 한다면 나는 전혀 망설이지 않고 『싯다르타』를 꼽겠다. 작품에서 싯다르타가 뱃사공 바수데바를 만나는 장면은 듣기의 모든 것을 담은, 경청의 백미다. 본서에서 배운 내용을 『싯다르타』로 복습해 보자.

바수데바는 "싯타르타의 모든 이야기를 열심히 경청했다. 싯다르타의 내력과 어린 시절, 모든 수학修學, 모든 추구, 모든 기쁨, 모든 고통을."[듣기의 기본은 역시 관심과 집중].

바수데바가 "조용히 마음을 열고, 기다리는 마음으로 자기의 말을 받아들인다는 것을, 한마디도 놓치지 않고, 초조하게 기다리는 기색도 없이, 칭찬도 나무람도 덧붙이지 않고, 오로지 열심히 듣기만 한다는 것을. 싯다르타는 느꼈다. 이 같은 청자에게 고백하는 것(……)은 말할 수 없는 행복임을."[화자를 재촉하지 않고 편안하게 해 주기. 말을 끊지 않고 듣기.]

바수데바는 "싯다르타의 이야기가 끝나고도 오랜 침묵이 계속된 후에야 (……) 입을 열었다."[상대의 말이 끝나자마자 입을 열지 않기.]

싯다르타의 반응은 예상대로다. "나의 이야기를 그토록 잘 들어 주셔서 감사합니다. 남의 말을 들을 줄 아는 사람은 퍽 드물지요. 당신처럼 잘 들을 줄 아는 사람을 나는 한 사람도 만나 보지 못했습니다. 나는 듣는 법도 당신한테서 배우려 합니다."[경청하면 사람을 얻는다.]

바수데바는 사람에 앞서 자연을 들었다. "듣는 법은 강이 내게 가르쳐 준 것이지요, 당신 역시 강한테서 배우실 것입니다."[자연을 들을 줄 아는 이가 사람도 들을 줄 안다.]

(((

경청의 본질은 공감이다. 공감은 자신의
욕구를 잠시 내려놓고 다른 사람의 경험에
적극적으로 개입할 때 이루어진다.

마이클 니콜스, 『듣는 것만으로 마음을 얻는다』
(이은경 옮김, 한국경제신문, 2016)

친구들을 만나러 나갈 때 '오늘은 무슨 말을 할까. 잘 말해야지'라고 생각하지, '오늘은 무슨 말을 들을까. 잘 들어야지'라고 다짐하는 일은 드물다. 사람들과 어울릴 때 우리 대부분은 내가 말하는 사람이기를, 남이 듣는 사람이기를 바란다.

우리는 하고 싶은 말이 참 많다. 살면서 재미난 일도 있고 속상한 일도 있다. 내 말에 빵 터지기를, 짙은 공감을 표해 주기를 바란다. 다들 그런 욕구를 갖고 모인다. 하지만 누구의 말이 제일 흥미로운지 경연을 벌이는 것이 제대로 된 대화는 아니다. 서로 먼저 말하려고 드는 세상에서 경청은 자아의 발산 욕구를 유예하고 타자에게 먼저 기회를 주는 보기 드문 미덕이다. 마이클 니콜스는 남의 말을 끊는 단골 문장과 그 본뜻을 폭로한다.

"그러고 보니 그때 생각이 나네요." (해석: 내 경험은 네 경험을 능가해)

"그 얘기 들어 봤어요?" (해석: 네가 하는 걱정은 지루해.)

"그렇게 생각하지 마요." (해석: 당신이 속상한 일로 나까지 속상하게 만들지 마.)

"아, 이해해요." (해석: 더 이상 말하지 않아도 돼).

"음, 내가 당신이었다면……." (해석: 불평만 늘어놓지 말고 대책을 세워!)

다른 사람의 말을 낚아채서 자신이 대화를 주도하지 않으면 존재감을 드러내지 못한다고 믿는 사람은 모른다. 경청하는 자야말로 대화를 주도하며 한 마디라도 더 하려는 사람들 사이에서 가장 도드라져 보인다는 것을.

(((

힘 있는 자리에 있는 사람들은 경청하기
힘들고, 힘없는 사람들은 말하기가
어렵습니다. 힘 있는 사람들이 경청에 더
힘을 쓰고, 힘없는 사람들이 더 말할 수
있게 된다면 지금보다 훨씬 더 좋은 조직이
될 것이라 믿습니다. 이런 조직을 만드는
것은 리더에게 주어진 책임입니다.

098

미국 저널리스트, 사회운동가 글로리아 스타이넘

'아름다운 선동가'로 불린 글로리아 스타이넘의 명언이다. 여성의 매력까지 사용해서 여성운동을 하는 그의 방식에 비판적인 시각도 있지만 이 말에는 토를 달기가 힘들다.

발언권은 힘과 권한의 동의어다. 내가 입을 열 때 남의 눈치를 안/덜 보거나 내가 말을 할 때 모든 이가 주목한다면 그만큼 권력을 가졌다는 뜻이다. 그럴수록, 아니 그렇기에 말을 덜 하고 듣기를 더 할 필요가 있다.

"나는 권력의 자리에 서 본 적이 없다"는 이들도 가정이나 친구 사이에서, 혹은 각종 모임에서 더 큰 발언권을 갖는다. 독서 클럽이나 조기축구회에서 입을 자주 여는 사람일 수도 있다. 그곳이 어디든지 내가 남들보다 말을 편하게, 더 많이 해도 되는 자리에 있다면 입 대신 귀를 열라. 발언권의 파이를 거의 불하받지 못한 이에게 발언권을 양도하라. 힘을 덜 가진 이들이 더 많이 말할 수 있는 조직이 되도록 하라. 진정한 리더와 건강한 조직은 그렇게 탄생한다.

(((

폐하께서는 신하들의 간하는 소리를 넓게
들으시어, 뜻있는 선비들의 의기를 더욱
북돋워 주셔야 합니다. 충성스러운 간언이
들어오는 길을 막으셔서는 안 됩니다.

제갈공명, 「출사표」

당나라 태종은 중국 역사에서 위대한 군주로 꼽힌다. 하루는 당 태종이 신하들이 있는 자리에서 자신을 모욕했다며 재상 위징을 죽이겠다고 격노한다. 위징은 평소에도 태종이 하는 일에 이치와 도리를 따졌고 사치를 거두라는 직언으로 미운털이 박힌 터였다. 이 말을 들은 장손황후는 공식 행사에서 입는 조복을 입고 태종에게 큰절을 올린다. 어리둥절한 태종에게 황후는 이렇게 답한다. "군주가 밝으면 신하가 곧다고 했습니다. 위징이 곧은 말을 하는 것은 폐하께서 밝다는 것이니, 어찌 감축하지 않겠습니까?" 이 말에 태종은 화를 풀고 위징을 더 신뢰한다. 조복진간朝服進諫으로 알려진 고사다.

태종은 200번이 넘는 간언으로 자신을 괴롭힌 위징이 죽자 "구리로 거울을 삼으면 의관을 바로 할 수 있고, 옛일을 거울삼으면 왕업의 흥망성쇠를 알 수 있으며, 사람을 거울삼으면 자신의 득실을 알 수 있다. 위징이 죽음으로써 짐은 거울 하나를 잃었다"며 비통해했다.

그렇다면 대체 듣지 않는 임금은 어찌 해야 하는가. 『맹자』「진심」盡心에는 이런 구절이 나온다. "백성이 귀하고, 사직이 그 다음이며, 임금은 가벼운 존재다." 따라서 맹자는 "임금에게 큰 잘못이 있다면 간해야 한다. 반복해서 간했는데도 듣지 않는다면 그의 지위를 바꾸라. 폭군을 몰아내거나 죽인 경우에는 왕이 아니라 일개 사내를 죽인 셈"이라고 주장했다. 고대 사회를 고려할 때 이 얼마나 혁명적인 발언인가.

(((

식사를 하면서 음악을 듣는 것은 요리사와
바이올리니스트에 대한 모욕이다.

20세기 영국에서 가장 영향력 있는 작가 G.K. 체스터턴

밥 먹으면서 샤워하면서 음악을 듣는다 한들 누가 뭐라 하겠나. 똥을 누면서 음악을 듣는다 한들 뉘라서 비난을 하겠는가. 어디에서 무엇을 하든 음악이 공간을 채우는 BGM의 시대 아닌가. 장 콕토는 "비엔나에서는 공기도 음악적"이라고 했는데 오늘날은 음악이 없으면 공기가 부족하듯 답답함을 느끼는 세상이다. 그러니 안 그래도 깐깐한 체스터턴의 말이 꼰대처럼 들릴지도 모른다.

나 역시 음악을 틀어 놓고 글쓰기를 즐기지만, 음악을 제대로 듣는 건 음악을 배경이 아닌 전면에 둘 때다. 다른 활동을 북돋는 음악이 아니라 오롯이 음악만을 남겨 두는, 즉 음악에게 나를 범하라고 내어 주는 그런 순간 말이다.

내게 음악 감상의 최고봉은 영화 『쇼생크 탈출』에서 교도소를 배경으로 오페라 『피가로의 결혼』이 흐르는 장면이다. 주인공 앤디가 2주의 독방 처벌을 감수하고 옥외 스피커를 켜서 「저녁 산들바람은 부드럽게」를 송출하자 모든 수감자가 뭔가에 홀린 표정으로 고개를 들어 노래를 듣는다. 마당에서는 피우던 담배를 끄고, 작업장에선 하던 작업을 멈춘다. 병상의 환자들조차 몸을 일으켜 소리가 나오는 방향으로 '몸을 기울여' 온전히 음악을 경청한다. 그때 "마치 상상할 수 없을 정도로 높은 곳에서 새한 마리가 날아와 우리가 갇혀 있는 답답한 감옥이라는 새장의 벽을 없애 버리는 것 같았다"는 대사가 깔린다. 음악을 듣는 행위에 감흥을 못 느낄 때면 떠오르는 장면이다.

멀티태스킹이 보편적인 오늘날에는 '한 번에 하나씩'이 시간 낭비에다 어리석게 보이겠지만, 경험의 질과 만족도 면에서는 모노태스킹을 당할 수가 없다. 100년 전 체스터턴의 말에 한 표를 주고 싶은 이유다.

(((

귀는 어떤 내적인 고독과 침묵에
잠기지 않으면 아무것도 듣지 못한다

토머스 머튼, 『고독 속의 명상』
(장은명 옮김, 성바오로출판사, 2009)

현대 문명은 고독과 침묵의 황무지다. 우리는 고독과 침묵을 추방하고 끝없는 재미와 넘치는 풍요를 얻었지만 그 대가는 컸다. 특히 경청의 유실은 뼈아프다.

20세기 최고의 영성가인 토머스 머튼은 "사회가 내적인 고독을 알지 못하는 사람들로 구성될 때 그 사회는 더 이상 사랑으로 결합되지 못한다"고 했다. 사랑으로 결속되지 않은 사회의 종말은 멸망일 것이다. 아니나 다를까, 막스 피카르트는 『침묵의 세계』에서 "살아 있는 침묵을 가지지 못한 도시는 몰락을 통해 침묵을 찾는다"는 묵시록적 주장을 펼친다. 문득 낮엔 토목 건설의 소음이, 밤엔 폭음과 성매매의 소음이 가득한 한국이 떠올라 섬뜩해진다.

머튼은 봉쇄수도원에 거하면서 고독과 결혼하고 침묵을 배우자로 삼았다. 그는 "내적인 고독과 침묵에 잠기지 않으면 아무 것도 듣지 못한다"고 단언했다. 엘리자베스 퀴블러 로스가 "자기 안의 침묵과 접촉하는 법을 배우라"고 한 것도 같은 맥락이다. 하지만 내게 가장 매력적인 고독 예찬은 단연 카프카의 것이다.

방을 나설 필요는 없다. 그냥 책상 앞에 앉아 귀를 기울여 보라. 아니 귀를 기울일 필요도 없이, 그냥 기다려라. 아니 기다릴 필요도 없이, 그저 조용히 고요하게 고독해지는 법을 배워라. 그러면 세계가 가면을 벗은 채 그대 앞에 자유로이 모습을 드러낼 것이다. 선택할 필요도 없다. 세계가 황홀경 속에서 그대의 발 아래로 굴러들 테니.

―『풍요로운 삶을 위한 일곱 가지 지혜』

((　(

두환: 아니, 창희가 구씨네서 불러서
　　　갔는데 진짜 깜짝 놀랐다……
　　　방 안에 소주병이 가득이야……
　　　둘이서 그거 치우다가 구씨한테
　　　욕 바가지로 먹고…… 민망해
　　　돼지는 줄 알았네, 진짜.

미정: 도와 달라고 했어? 치워 달라고
　　　했냐고? 근데 왜 함부로 들어가서
　　　손대?

창희: 그럼 봤는데 그냥 나오냐?

미정: 인간을 갱생시키겠다는 의도가
　　　너무 오만해.

『나의 해방일지』에서 구씨는 하루도 거르지 않고 소주 두 병을 비운다. 여주인공인 염미정의 오빠 염창희는 구씨 집에 들렀다가 소주병으로 가득 찬 방을 발견하고 놀란다. 자기 깐에는 착한 일 한답시고 친구까지 불러서 공병을 깔끔하게 치우지만 정작 구씨는 불쾌한 표정을 짓는다. "뭐, 그냥 두라고. 내가 싼 똥 누가 치워 주는 게 너희들은 고맙냐?" 미정의 반응도 마찬가지다. 도와 달라고 하지도 않았는데 왜 손을 대냐며 타박한다.

예전엔 버스나 전철을 타면 어른들이 가방을 잡아당겼다. 무거운 가방을 들어 주시려는 뜻이 고마웠다. 하지만 맡기고 싶지 않을 때도 있는데 말도 없이 가방을 끌어당기면 조금은 막무가내다 싶기도 했다.

나도 그런 실수를 저질렀다. 젊은 날에 시각장애인을 보면 "같이 가 드릴까요?" 하고 물었다. 매번 "네"라는 말이 돌아왔고 그때마다 뿌듯한 맘이 들었다. 한번은 친구들과 길을 가다가 시각장애인 한 분을 만났다. 평소와는 달리 도움이 필요한지 묻지도 않고 팔을 잡았다. "어디까지 가세요?" 그러자 돌아온 말. "괜찮아요. 혼자 갈 수 있어요." 무안했다. 실은 무안할 일이 아니다. "네, 살펴 가세요"라고 하면 될 일임에도 나 스스로 착한 사람이라고 느끼려는 기회가 무산되고, 친구에게 내가 얼마나 괜찮은 사람인지 보이려는 시도가 좌절된 탓이다. 냉철하게 말하면, 나는 남들보다 선하다는 우월감을 즐기고 또 과시하기 위해 보행 약자를 이용한 셈이다.

((　(

나는 이제 진절머리가 났다. 더위는 더욱
심해졌다. 별로 이야기를 듣고 싶지 않은
사람으로부터 벗어나고 싶을 때 내가 늘
하는 것처럼 나는 그의 말을 수긍하는
척했다. 그랬더니 놀랍게도 그는 승리한
듯이 말했다.
"그것 봐, 자네도 믿잖아? 하느님께 마음을
바치겠지?"

알베르 카뮈, 『이방인』
(이휘영 옮김, 문예출판사, 1999)

살인죄로 기소된 뫼르소는 재판에 앞서 예비판사를 만난다. 예비판사는 뫼르소를 돕겠다면서 십자가를 서랍에서 꺼내 회개를 촉구한다. 하지만 그는 자신의 신앙을 선포할 뿐 뫼르소의 말을 들으려 하지 않는다. 천하보다 귀한 영혼을 구하기 위해 복음을 전한다는 사람들이 천하보다 귀한 영혼의 말을 듣지 않는다.

나는 그에게 말하려고 했다. 그러나 그는 나의 말을 가로막고 다시 한 번 전신을 일으켜, 하느님을 믿느냐고 물으면서 훈계했다. 나는 믿지 않는다고 대답했다. 그는 분연히 앉아 버렸다.

예비판사는 뫼르소의 말을 두 번이나 무지른다. 자신이 이른바 구원을 받았다고 믿는 자들은 대체 왜 제 말만 선포하고 비신자의 말을 듣지 않을까. 동굴에 가둬 놓고 쑥과 마늘만 먹이고 싶다. 신앙인이기 전에 인간이 되어야 하지 않겠나.

여기에서 문제는 예비판사가 단순한 포교자가 아니라 뫼르소의 생사여탈권을 쥔 강자라는 데 있다. 강자가 자신의 말을 받아들이라고 강요하면 약자는 그 상황을 벗어나고자 수긍하는 척할 수밖에 없다. 강자는 "거 봐!" 하면서 기뻐하지만 나중에 약자가 진짜로 받아들인 게 아님을 알게 되면 왜 말과 행동이 다르냐면서 힐난한다. 대체 언제 그들은 약자의 입장을 이해하게 될까. 진정한 소통이란 동등한 위치에서 나오는 것임을 알기는 할까.

(((

듣기는 상대에게 자기 이해를
낳는 것이며 그래서 산파술이라고
부를 수 있다.

와시다 기요카즈, 『듣기의 철학』
(길주희 옮김, 아카넷, 2014)

일본 철학자 기요카즈는 누군가의 말을 잘 들어 주면 그 사람은 자기 이해를 출산한다고 했다. 세르티양주가 『공부하는 삶』에서 우정을 산파술이라고 한 것도 결국 같은 이야기다. 잘 들어 주면 우정이 영글고 그 우정의 볕을 쬘 때 내가 누구인지 새삼 알게 된다. 정여울 작가의 표현을 빌자면 "당신이 모르는 당신의 빛"을 서로에게서 꺼내 주는 것이다. 네가 모르는 너의 빛을 꺼내기 위해, 내가 모르는 나의 빛을 꺼내기 위해 우리는 서로 듣는다.

경청은 출산을 돕는 산파술일 뿐 아니라 그 자체가 잉태와 출산이기도 하다. 한 사람의 말을 듣는다는 것은 그를 내 자궁에 곡진히 품었다가 새롭게 낳는 일이다. 누군가 자신의 말을 진심으로 들어 준 경험이 있는 사람은 포근한 고치에 들어갔다가 다시 태어난 기분을 느꼈을 것이다. 그렇게 한 번이라도 거듭나 본 사람이 자기 이해를 낳고 자신에게서 빛을 꺼낼 수 있다. 잉태되어 본 사람이 잉태할 수 있고, 출산되어 본 사람이 출산할 수 있다. 경청의 자궁에서 태어나 보지 않은 사람은 자신에게서 무언가를 태어나게 할 수 없다.

(((

"사람이 원한 것이 곧 그의 운명이고,
운명은 곧 그 사람이 원한 것이랍니다.
당신은 곰스크로 가는 걸 포기했고
여기 이 작은 마을에 눌러앉아 부인과
아이와 정원이 딸린 조그만 집을 얻었어요.
그것이 당신이 원한 것이지요. 당신이
그것을 원하지 않았다면, 기차가 이곳에서
정차했던 바로 그때 당신은 내리지도
않았을 것이고 기차를 놓치지도 않았을
거예요. 그 모든 순간마다 당신은 당신의
운명을 선택한 것이지요. 하지만 이제
알지요. 내가 원한 삶을 살았다는 것을.
그리고 그것을 깨달은 이후에는 만족하게
되었어요."

프리츠 오르트만, 『곰스크로 가는 기차』
(안병률 옮김, 북인더갭, 2010)

105

그의 오랜 꿈은 멋진 도시 곰스크였다. 마침내 그는 전 재산을 털어 아내와 함께 곰스크행 기차에 오른다. 기차가 작은 시골 마을에 정차하자 두 사람은 산책에 나선다. 예쁜 마을에 감탄하며 걷다 보니 아뿔싸! 기차가 떠나 버린다. 이후 곰스크로 가려는 그의 몸짓은 아내의 방해로 번번이 좌절되고, 어느새 마을에 눌러앉게 된다. 하나둘 아이까지 생기면서 행복감을 맛본다.

마을의 유일한 학교 선생이 된 그는 정원이 딸린 예쁜 사택에서 안정된 생활을 누린다. 하지만 아아, 곰스크! 곰스크행 기차의 기적 소리를 들을 때마다 가슴이 찢어지는 슬픔에 젖는다. 그런 그에게 교사 자리를 물려준 은퇴 교사가 찾아와 말을 건넨다. 자신 역시 멀리 떠나려는 뜻을 이루지 못하고 이곳에서 평생을 보냈지만, 뒤늦게야 그것이 바로 자신이 원한 선택이요, 운명임을 깨달았다고. 이후로는 내가 원한 삶을 살았고 또 만족하게 되었다고.

우리 대부분은 곰스크 증후군에 시달린다. 많은 사람이 지금의 삶은 자신이 원하는 삶이 아니며 지금 이곳은 자신이 있을 곳이 아니라고 생각한다. 반짝이는 기쁨에 반색하며 행복한 웃음을 터뜨릴 때도 있지만, 홀로 집에 돌아오는 길엔 울컥 슬픔이 배어 나온다. 심하게는 자신을 탓하거나 세상을 한恨하고, 누군가를 원망하기도 한다. 그런 우리에게 「곰스크로 가는 기차」는 "내가 택한 삶이 나의 운명이고, 그 운명은 내가 원한 것"임을 일깨운다. 나는 결코 실패하지 않았다. 나는 내가 원하는 삶을 살고 있다!

살다 보면 내가 실패했다고 속삭이는 곰스크행 기차의 기적 소리가 들릴 것이다. 여전히 가슴이 미어지는 것이야 어쩔 수 없지만 내가 선택한 행복마저 망치지는 말아야 한다.

((　(

아내가 남편에게 가지는 가장 큰 불만은
남편이 이야기를 들어주지 않는 남자라는
것이다. "걱정하지 말라고. 이렇게 하면
된다고. 내가 시키는 대로만 하면 돼."
여자가 상심해 있을 때 위로보다는
즉각적인 해결책을 제시한다. 아내가
진정으로 원하는 것은 해결책이 아니라
자신의 이야기를 끝까지 들어주는 것이다.

존 그레이, 『화성에서 온 남자, 금성에서 온 여자』
(김경숙 옮김, 동녘라이프, 2000)

잠시 퀴즈. 경청 이론에서 가장 나쁜 수준의 듣기를 무엇이라고 부를까? 대충 듣기? 아니다. 흘려듣기? 역시 아니다. 답은 '배우자 경청'Spouse Listening이다. 아내와 남편의 말을 얼마나 안 들으면 이런 용어가 다 있겠는가.

존 그레이는 그 유명한 '화성남 금성녀'에서 아내가 진정으로 원하는 것은 자신의 이야기를 끝까지 들어 주는 것이라고 했지만, 어디 아내만 그럴까. 남편 역시 제 말을 끝까지 들어 주길 바란다. 다만 가끔은 통역관이 필요하다. 남녀가 말하는 방식은 유의미한 차이를 보이기 때문이다. 물론 이를 일반화하거나 절대적인 것으로 여겨서는 안 된다. 문제는 항상 그런 이들이 일으킨다.

남녀가 같은 말을 사용해도 함의가 다르다. 일례로 여자가 "당신은 내 말에 '전혀' 귀를 기울이지 않아!"라고 원망하면 남자는 "내가 전혀 안 듣는다고? 어제 처가 얘기할 때 잘 들었잖아. 저번에 여행 가서도 잘 들어 줬잖아!"라고 반박한다. 남자는 '전혀'라는 부사를 문자 그대로 받아들이지만 여자에게는 "자기가 느낀 좌절감의 정도를 표현하는 하나의 수단일 뿐 사실에 입각한 표현은 아니"다.

(((

내 죽음을 헛되이 하지 말라

대한민국 노동자 전태일

1970년 11월 13일 오후 2시 청계천 평화시장에서 그는 제 몸에 불을 질러 산화했다. 다음 해에 내가 태어났으니 우리 둘은 삶을 한시도 공유한 적이 없다. 시간으론 그렇지만 공간으론 얘기가 다르다. 나는 전태일이 태어난 대구에서 태어났다. 극심한 생활고로 열세 살에 집을 나와 부랑자 생활을 하던 전태일은 열네 살에 대구 중구 남산동 2178-1번지에서 가족과 재결합하여 1년 6개월을 살았는데 이때를 '내 생애 가장 행복했던 시절'(이 말을 쓸 때마다 눈물이 난다)이라며 그리워했다.

그곳에 복원된 '전태일 옛집'은 내가 나고 자란 대명시장에서 가깝고, 내가 다닌 명덕국민학교 바로 옆이다. 공교롭게도 전태일은 명덕초 안에 임시 교실을 두던 청옥고등공민학교를 다녔다. 애정으로 우기면 학교 선후배이자 동창인 셈이다.

이후 전태일 가족이 서울로 올라왔듯 우리 가족도 서울로 왔다. 대구의 인연이 질긴지 지금 내가 사는 집 바로 앞길이 '전태일길'이다. 그가 살던 무허가 판잣집을 허물고 지은 아파트에 내가 산다. 그의 희생으로 이뤄진 세상에 내가 살듯이 말이다.

우리의 인연은 평화시장으로 이어진다. 대구에서 상경한 엄마는 여섯 식구를 먹여 살리고자 평화시장에서 팬티와 양말을 떼다가 동네 시장 땅바닥에서 팔았다. 내가 대학생이 되자 엄마는 새벽 평화시장에 나를 짐꾼으로 데리고 다녔다. 단골 거래처에서 누구냐고 물으면 엄마는 자랑스레 답했다. "우리 대학생 아들이야." 그럴 때면 전태일이 "나에게 대학생 친구가 한 명 있었으면 좋겠다"고 한 말이 떠올라서 괜히 콧등이 시큰했다.

늘 나를 돌아보게 하는 당신. 내 죽음을 헛되이 하지 말라. 노동이 존재하는 날까지 당신의 외침을 듣겠습니다.

듣기의 말들
: 들리지 않는 것까지 듣기 위하여

2023년 6월 24일   초판 1쇄 발행
2024년 9월 4일   초판 2쇄 발행

지은이
박총

펴낸이	펴낸곳	등록	
조성웅	도서출판 유유	제406-2010-000032호(2010년 4월 2일)	

주소
경기도 파주시 돌곶이길 180-38, 2층 (우편번호 10881)

전화	팩스	홈페이지	전자우편
031-946-6869	0303-3444-4645	uupress.co.kr	uupress@gmail.com
	페이스북	트위터	인스타그램
	facebook.com	twitter.com	instagram.com
	/uupress	/uu_press	/uupress
편집	디자인	조판	마케팅
김은우, 조은	이기준	한향림	전민영
제작	인쇄	제책	물류
제이오	(주)민언프린텍	라정문화사	책과일터

ISBN 979-11-6770-063-6 03810